天边一星子

邓安庆 著

新 星 出 版 社　NEW STAR PRESS

新经典文化股份有限公司
www.readinglife.com
出 品

目　录

前言　一粒星子的微光

六月末，正值酷暑，炎热异常，朋友提议去坝上避暑，我立马答应了。一路开车一路看风景，九个小时后，到了草原边的小镇，正逢大停电，住处一片漆黑。大家坐在一起等电来，老板娘端来切好的西瓜，吃上一口，极冰极甜。安静之中老板娘说："明天有个哈雷车队要来，全是女的，到时候就热闹了。"大家"哇"了一声，都很期待。而我此时抬头看天空，极亮的一颗星，悬在山脊之上。我推开窗，叫大家来看。风从草原上吹来，凉沁沁的，星光越发明亮。朋友说那是木星。我心头一动，忽然想起沈从文写给张兆和的信，"天边一星子，极感动。"现在这个年代，很少有人会写信了，但朋友就在身旁，还能够一起看星，多好。

这些年去过一些地方，在不同的时空下看过不同的星空，每回跟我看星的人也各不相同。印象尤为深刻的一次是在二〇

1

一七年四月的某一天，我在库克的拉罗汤加岛住了近一个月，快要离开时，在海边的餐厅吃完饭，朋友开车带我回住处。车子经过机场外面的环海公路，透过车窗，便能看到海面之上的璀璨星空，我能认出的只有猎户星座和南十字星，海浪轻轻拍打着空无一人的沙滩。车子往岛内的小路拐时，云仿佛从香蕉林背后涌起，偶有人家的灯火在密林中闪烁，而远处的群山之上又是那一片星空。真舍不得这般夜色的结束。

舍不得。我有很多的舍不得。这些年来，从一个城市去另外一个城市，从一个国家到另一个国家，结识了很多的朋友，说过很多的话，谈过很多的心，我们走在海边，走在马路上，走在山上，一起经历了各种事情，而今他们都已经不在我身边了。一个人独处时，时常从心底涌出关于他们的回忆，就忍不住想写下他们。只有用文字把他们留下来，我的记忆才能牢固记住当时我们相处的点点滴滴，包括气息、声音和眼神。他们每一个人，其中有我的家人、邻居、朋友、老师、同事、学生，还有一起租房的阿姨，因为出差认识的陌生人……都是我内心天空的一颗闪亮的星星。

沈从文在《湘行书简》里写，"你若今夜或每夜皆看到天上那颗大星子，我们就可以从这一粒星子的微光上，仿佛更近了一些。因为每夜这一粒星子，必有一时同你眼睛一样，被我瞅着不旁瞬的。三三，在你那方面，这星子也将成为我的眼睛的!"在这里要冒昧地借用他的话,我在本书中写到这些人,无论现在你们生活在哪里,正在经历些什么,当抬头看一眼星空,如果能想起我,也许,"我们就可以从这一粒星子的微光上,仿佛更近了一些"。

祝福你们。

跳
蚤

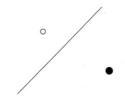

1

都叫他跳蚤，他也不恼。稻场上几个人喊着："跳蚤！跳蚤！出来！出来！"跳蚤还没出来，从三楼楼顶探出芸香的头，"你们都要打嘴！再叫我屋姚超跳蚤，我把你们脚都打断咯！"那几个人噎住了，停了片刻，相视一笑，又齐声喊："跳蚤！跳蚤！出来！出来！"芸香没再出现，跳蚤倒是出来了。他在堂屋门口，靠着门框，一只手揉惺忪的眼睛，一只手挠肚子，"做么事？"那几个人中带头的说："百米港里有龙虾，去捉啵？"跳蚤一下子精神了，连忙点头，"要得要得。"说着转身往厢房跑，"等我拿网！"

跳蚤拿着网兜出来时，那几个人已经被芸香撵到大路上去了，"你们都死远些！"说着又扬起了扫把，"没得家教的蠢材！"那几个人站在路边的桑树下，嘻嘻地笑，一个人喊："跳蚤！你再不来我们就走咯。"跳蚤把网兜举起来，"等我嘞。"芸香转身一把把网兜夺了下来，"不准去。前几天百米港还淹死了一个，你去做么事？送死?！"跳蚤个子才到芸香的腰间，他跳起来想把网兜抢回来，但芸香拿着的那只手举得高高，另一只手扣住跳蚤的手腕，"不准去！"跳蚤哭喊起来，"奶，我保证不下水！我保证！"芸香瞪大眼睛，嘴巴嗫起，把跳蚤往屋里拖，"你上回在江边暗荡落水，要不是你柴爷看到下去救你，你还能活到现在？回去！回去！"那几个人又喊："跳蚤！跳蚤！去不去？"芸香扭头吼道："滚！都滚远点儿！"

我当时坐在后门口剥花生，偶尔有凉风吹过来。屋外午后的阳光硬铮铮地打在水泥地上，发白发烫，连知了的叫声都像是屋子着火了一般。芸香穿过稻场，手里捏着本子，我抬眼一看就知道她要给她儿子姚建军打电话了。她家没有安装电话，手机也不会用，每隔一周，她都会到我家里来打座机。芸香满头的汗，凑过来时，能闻得到她身上抹了雪花膏后的气息，"你妈嘞？"我说："湖田里还没回。"她蹲下身，捞起一把我剥好的花生，一粒一粒往嘴里放，"这个油花生，还是好吃。"我没好气地说："我都剥了一个小时了！"芸香没有理会，往我家堂屋走，"我屋建军都不晓得打电话给我，你说我么办法，只好我打给他。你说这个人哪，自家儿子不管，吃我的喝我的，也不晓得打钱回来，真是叫人起火……"又是翻来覆去那一番话，每一回她来打电话都是如此。

花生剥了一盘子，拿扫帚把地上的花生壳扫成一堆后，又坐下来靠着门等风来，不知不觉间竟犯起了困。"庆哥。庆哥。"模模糊糊听到有人叫我，睁开眼睛一看，一张尖瘦的小脸浮在眼前，原来是跳蚤。他见我醒来，讨好地一笑，头往屋里一探，"我奶还在打电话？"我侧耳听了一下，芸香粗嘎的嗓音回荡过来，便点了一下头。他又一笑，身子一低，退了出来，"莫告诉我奶啊。"说完，提着网兜往大路上跑。他细瘦矮小的身子，松松垮垮地穿着背心和短裤，那衣服之前是大他三岁的哥哥姚亮的。不一会儿，他已经跑到村里的省级公路上，往百米港那边奔去了。

晚上，母亲用我剥好的花生炖了肉汤，饭桌搁在后门口，就着那一口好风。芸香家里的饭桌也端出来，放在稻场上。姚国胜坐在上头，他经年打铁的粗壮手臂端着玻璃杯喝谷酒，从初中放学回来的姚亮坐在左侧埋头吃饭，而右侧的位置是空着的。跳蚤正跪在姚国胜的右手边，满头满脸的都是泥巴，脚上的拖鞋堂屋门口一只，还有一只握在姚国胜的手上，喝一口，往跳蚤身上"啪"一下打过去，"你是寻死是不是？我打死你信不信？"跳蚤身子猛地一缩，拖鞋正好拍在脑瓜上，他"嗷"的一声，伸手去揉头。姚国胜扭头吼了一声，"跪好！我说的话，你是耳朵有屎听不见是啵？"跳蚤不说话，姚国胜又打了过去，"你是哑巴是啵？"跳蚤喊了一声，"救命！"姚亮扑哧一声笑出了声，"鬼救你！"姚国胜再补打了一下，"天王老子也救不了你。"

芸香把做好的龙虾端了过来，母亲忙说："你们吃你们吃。"芸香把堆满一碗的龙虾搁到我们饭桌的中间，"我屋里还有一大盘，哪里吃得完？"我笑道，"跳蚤……超儿好厉害，我看他捉了一网兜回来。"芸香皱起眉头，"厉害个头壳！我都急死了，一下午四处找不见，起火不起火？"稻场那边跳蚤又喊了一声，"救命！"母亲说："打两下就算咯，细伢儿调皮正常，再说你看那个小身板，哪里经得起打？"芸香摇摇头，"不打不记事，他爸妈又不管，成天都在外面跑，我要种地，国胜要打铁，哪里能照看这么多？"姚国胜抬头看过来，"芸香，菜为么子还不上？"芸香说："自家没得手啊！懒成了精！"说着朝我们点了一下头，快快地走了回去。

2

庆哥。庆哥。睁开眼睛看，又是跳蚤，他站在我的床头，正在用手推我。我气恼地把他的手打开，"做么事？"他把本子伸到我眼前，我一看是芸香的电话本，"我要打电话。"我坐起身来，"你要打给么人？"他凑过来小声地说："我爸。"我又问："打给他做么事？"他声音更小了，"我要去找他。"我跳下床，穿上裤子，他跟在我身后，"你奶奶晓得啵？"他没有吭声，我回头看他，他摇头，"我不想她晓得。"我迟疑地站在那里，他过来把我往有座机的隔壁厢房推，"求你咯。"我转身又回到了房间，重新躺在床上，"这个忙不能帮，你要是不见了，你奶奶要找我算账的。"他连连哀求，我闭上眼睛装没听见。

不知道过了多久，再一次睁开眼睛，他还在，个头还没到窗户高，光着青头皮，脸上不知道哪里蹭的灰，再加上将坠不坠的鼻涕，显得脏兮兮的。我起身看他，他掠了我一眼，身子一下又一下撞墙。我还是心软了，手往外面一指，"你自己去打吧。"他一听，高兴地跳起来，连忙往门外跑去。我又躺了下来，这一次却再也睡不着了。听着隔壁跳蚤传来的说话声，怯生生的，不到一分钟就挂了。跳蚤又一次走了进来，从口袋里掏出揉得不成样子的一块钱放在我枕边，我把钱又塞了回去，"不是还没说两句？"他话中带着哭腔，"我爸爸说他上班，没得空说话。"我又问，"那你妈嘞？"他的手指划拉着床单，"她不跟我爸一块儿。"

中午吃饭时，问起母亲跳蚤妈妈的事情。母亲偷眼往屋后看了一下，这才压低声音说："王利华跟别的男人跑了。"我这才想起来过年时，只有姚建军从佛山回来，问起王利华，他只推说工厂里事情太忙脱不开身。这么一算，我有两年没见到王利华了。以前在家时，王利华站在稻场的一边，芸香站在另一边，两人高着嗓子对骂，骂到后面，王利华冲着屋子里喊："姚——建——军——你——给我出来！"芸香会立马回道："军儿你莫管！"王利华又骂："姚建军，你不出来，我就跟你离婚！"姚建军慢慢地从堂屋走了出来，弓着高高瘦瘦的身子，谁也不看，谁也不理，忽然掏出一把刀子，割自己的手脉。站在两头的女人吓得都叫起来。

姚建军没有死，王利华和芸香也没有话可说。同一个厨房，两个灶台，各自做各自的，两个孩子都不准跟芸香这边吃，但跳蚤不管，他在自己桌上吃着吃着，跑到芸香那头，夹起一块豆腐，舀上一碗汤，姚建军沉默地吃自己的，王利华便骂道："姚——超——你莫跟跳蚤一样跳来跳去要得啵?!"跳蚤只好又跑过来，王利华拿筷子对着他头就是一下，"你是饿痨？自家这边不够你吃的？"芸香和姚国胜那头沉默不语。过了没多久，姚建军和王利华就去佛山打工了。走的第二天，芸香把王利华灶台上的锅碗瓢盆——扔了出来，跳蚤跑过来挡住灶屋门，"莫扔我妈的东西！"芸香对着他劈头一下，"你妈不是个好东西！"跳蚤转身去稻场上捡起锅盖和筷子，"你才不是个好东西！"芸香气恨地骂："你有种跟你妈去，我不拦你！你要吃我一口饭，我剁你一块肉！"

那天傍晚，芸香急匆匆跑过来问我有没有看到姚超，一听到我说没有，她转身往大路上跑。过不了一会儿，姚国胜从村口的铁匠铺回来了，芸香正沿路喊着"超儿"，从地里回来的父亲和母亲，还有隔壁几家，都分头往不同的方向找去。大家不约而同地喊着"跳蚤——跳蚤——"，从垸中央一路延伸到远处的田野。我记得午后时分跳蚤曾经往江那边走，一想到此，我心里一下子有点儿慌起来。我骑上自行车，飞快地穿过垸里的大路，冲上长江大堤。没有风，稠密的热气从河坡繁茂的草丛中蒸腾而出，小飞蛾慌乱地从我手边逃开，好不容易走到江边，混浊的江水借着夕阳最后一丝余晖闪着金光，我对着空旷的河岸喊："跳蚤——跳蚤——"

沿着河岸走了一公里，没有看到任何人留下的踪迹。天慢慢黑了下来，我只得返回到大堤上，找到自行车，一路往市区的方向骑去。长江大堤下面的村庄零零星星亮起了灯，风也起来了，身上的汗渐渐收了，皮肤有些发紧。过了百米港大闸，市区方向浮起一道光边，大堤下面的街灯亮起，车子越来越多。已经骑了几个小时，实在有些累，想着是不是该返回去，也许跳蚤已经找到了。但我还是不甘心，继续往前骑，过了市区，路灯越发稀少，还好月亮升了起来。一路骑一路叫着"跳蚤"，心里却越来越不抱希望。

骑过刘家口，远远地看到一个小人在走。我试着喊了一声，"跳蚤！"那小人居然回头了，回应了我一句，"庆哥。"我让他坐到后车座上，他乖乖地上去了，细瘦的手搂着我的腰，我调转车头往回骑时，他嘟囔了一句："我不要回家。"我不理他，继续往前骑，他的头贴着我的背，搂着的手慢慢在松开，我扭头看了一眼，他快要睡着了，看来是累坏了。我停下车推推他，"跳蚤——跳蚤——"他咕哝了一声，"妈妈——"我又拍拍他的脸，"醒醒啊。"他这才睁开眼睛，怔怔地看我半晌，说："我饿了。"我让他再次抱紧我，不要睡着，他连连点头。骑到市区，下了大堤，我找了一家面馆坐下，点了两份面，等面的当儿，我让他乖乖坐在那里，自己去借面馆的电话打回家，告知母亲已经找到跳蚤了，母亲那边说芸娘都哭得不成样子了。挂了电话，回来一看，跳蚤趴在油腻的桌子上睡着了。我把他抱起来，放在我腿上睡，他发出细小的呼噜声，脸上手上全是土，手臂上有被茅草刮伤的血痕。面端过来了，我叫醒他，他一下子来了精神，大口大口吃了起来，让他慢一点儿，他也不听。

　　吃饱喝足了，继续上路。月亮正当空，长江大堤如一条白色的河流，往前流淌。风吹得越发大了，因为是顺风，车子骑得特别快，跳蚤的手搂得越发紧了。我问他为什么要离家出走，他说要找妈妈。我又问他，不知道妈妈在哪里怎么找，他说沿着长江大堤一直走到头就能找到。他把脸贴在我的背上，打起了嗝。我笑他是贪吃鬼，连我那份都给吃了。他嘻嘻地笑了起来。骑累了，我便哼歌，他也跟着哼。他常跑到我家里来看电视剧，我们便哼着那些电视剧的主题曲。他哼着哼着就跑了调，哼着哼着声音越来越小，那时估摸着已经凌晨两三点了，早到了该睡觉的时间。长江大堤下面的村落都已陷入沉沉的夜色之中。

回到家时，芸香、姚国胜、母亲、父亲，还有另外几个叔叔婶娘等在那里。我刚把车停下，芸香已经奔了过来，抱起跳蚤，喊着，"儿哎肉哎你真是急得人死！"跳蚤已经困得快睁不开眼了。我对芸香说："你快带他睡觉吧。"芸香忙谢过我，抱着跳蚤来到我家堂屋，姚国胜走了过来，猛地拍跳蚤的头皮，"你个孽畜！"跳蚤痛得哭起来，姚国胜还要打，被父亲和叔叔婶娘拉住，"算咯算咯，人回来就是万幸！"芸香揉着跳蚤的头，愤愤地骂，"你再打一下，我死给你看！"姚国胜又要冲过来打，芸香抱着跳蚤速速逃开。父亲把姚国胜拉到门口坐下，递给他一支烟，他接着后手一直在抖，父亲用打火机给他点火，半天都点不上，突然他不耐烦地把烟塞到口袋里，起身走开了。

3

每隔一段时间，姚国胜、我父亲，还有几位叔伯都要聚在我家排练。他们都是垸里乐队的，每逢红白喜事都少不了他们。大家在堂屋各自坐好，鼓手居中，京锣、小锣在右，钹在左，马锣和唢呐在后排。父亲的任务简单，负责打锣；我最爱的还是看姚国胜吹唢呐。只见他头部端正、两眼平视，两腿略微分开，两脚平放地面，腰部挺直，舌轻吐哨片时，高亢嘹亮的乐音随之抛起，顿时整个堂屋嗡嗡作响。跳蚤坐在姚国胜旁边的小板凳上，平日他是一分钟都坐不住的，每当唢呐声响起时，他仰头注视着姚国胜，一动也不动。排练休息的间隙，跳蚤要吹唢呐玩，平时严肃的姚国胜却答应了，弯下身子，教他如何含住哨片，如何用指法。跳蚤憋住一口气，鼓起腮帮，怎么也吹不响，大家都笑了起来。姚国胜也不恼，摸摸跳蚤的头，又教他如何运气。

跳蚤玩了一会儿，没了兴致，又跑到我父亲那边去，要打锣。当。跳蚤拿着锣槌敲了一下锣板，见大家都盯着他看，有些兴奋，拎着锣绕着堂屋跑。当当。当当当。姚国胜笑骂道："卖艺的猴子才这么打！"大家一哄而笑，跳蚤不管，还在绕圈，绕着绕着，忽然一屁股坐下，原来是把自己给绕晕了。大家又开始了排练，各自拿着工尺谱唱了起来，声音粗犷悠长。跳蚤开始跟着他们乱嚷嚷，渐渐地眼皮子打架，终于靠在姚国胜的身上睡着了。

有了红白喜事，我负责推自行车，后车座上架鼓，姚国胜走在我左侧，跳蚤跟在他后头，有时候走累了，我就让他坐在前杠上。沿着田间地头一路走，锣鼓声中，有人大放悲声。跳蚤问我："他们为么子哭嘞？"我答："有人死了。"跳蚤看前面被抬起的棺材，又问："死了就要躺那里头？"我答："对啊。"

他沉默了一会儿，又问："那我不要死。"我说："人人都要死的。"他撇撇头，"那我也不要死。睡在里头太闷咯。"姚国胜低头瞥了跳蚤一眼，"我将来也要死的，也要睡里头。"跳蚤抬头愣愣地看了他半晌，忽然眼泪一下子流了出来。我拍拍他的头，"你爷爷骗你玩的咯，你还当真。"他垂下头，没有说话。

平日无事，乐队解散，各自回家，种地的种地，打小工的打小工，姚国胜还是会到村口的铁匠铺打铁。姚建军已经从佛山回来了。有时候我路过，见他蹲在灶前拉风箱，红红的火苗舔着灶台。旁边的铁质底座上，姚国胜拿起一把铁钳钳着一根烧得通红的铁钎，姚建军站起身过来，两人配合着抡起铁锤上下翻飞地敲打，当当作响，火星飞溅，敲打成形后，放进冷水中，"哧"的一声，水汽蒸腾。除了敲打和冷却的声音，铺子几乎算是安静的。父子俩没有言语，一切动作都配合默契地完成。姚建军的帽子和衣服上，被火星烧出大大小小的窟窿，姚国胜身上也好不到哪里去，因为眼睛受伤的缘故，还戴着黑框眼镜。到了午饭时间，原来是芸香来送饭，现在改成于霞来送。

她是姚建军带回来的女人，胖胖圆圆的脸和身子，走路轻轻软软的，进了店铺，也不说话，把小饭桌搁到门口，两个矮树桩便是椅子，铺上报纸，从篮子里拿出一盘青椒豆豉，再拿出一盘油焖豆腐，还有一盘西红柿炒鸡蛋，备上一份花生米，旁边一瓶白酒。姚国胜姚建军父子俩洗完后，过来坐下开吃，于霞进到店铺里打扫。姚建军给姚国胜斟酒，姚国胜一小口一小口啜。

门口大路上，大货车、中巴车、小汽车来来往往，马路对面麻将室里，哗哗啦啦洗麻将的声音，还有从远处田地吹来的风声。不时有人路过，停下，"咿呀，吃得不错嘛。"姚国胜招呼，"来，喝两口。"那人摇手，继续往前走，"你们喝你们喝，我屋里饭做好咯。"于霞在铺里说话，"姚建军，你为什么不把水杯放远一点儿？又烫破了。"她不是本地人，说的是普通话。姚建军闷声闷气地说："破就破了，我能怎么办？"于霞叹气，"我下午去街上再买一个吧。"大家又一次安静下来。吃完饭，于霞就着店里的盥洗池，把碗筷杯盘洗净擦干，放进篮子里，收起小饭桌和树桩，搁在门后。一切忙毕，于霞走出去，"姚建军，我上街去了。"姚建军头也不回地"嗯"了一声，于霞走到马路对面的车站去等车。

跳蚤身上有了新衣服，手上还戴了电子表，坐在稻场上，趴在长凳上写作业，写写看看电子表，再写写再看看。芸香在一边用耙子耙晒干的麦子，一回头看跳蚤，便骂道："你再看我把你头剁落哩！"跳蚤不管，还看。芸香举起耙子要打，跳蚤敏捷地躲开，绕着稻场跑。于霞出来了，坐在靠大门的矮凳上，手里捏着一把瓜子。芸香不追了，继续耙麦子；跳蚤又回去做作业。稻场安静了下来，只有于霞嗑瓜子的声音。跳蚤有时候跑到我家来玩，母亲问她："跳蚤哎，你后来娘对你么样？"跳蚤仰起头，盯着母亲的脸半晌，忽然说："你有眼屎！"说完迅疾跑开。而芸香坐在我家后门口，说起于霞，"我说话她听不懂，她说话我也听不大明白。一天也说不上句把话。"母亲笑，"那还不好？你还想以前跟王利华那样，吵得不可开交。"芸香撇嘴，"那个王利华，听说跟别人生了伢儿咯。"

有时候于霞也会来我们家借电话打，听着是南方某地的方言，叽里呱啦叽里呱啦，不大听得懂，基本每周一次，一次说个十来分钟就挂了。打完电话，留下十块五块的话费，母亲让她坐着歇息一下，她笑笑说还要回家给姚建军做饭，慢悠悠地晃了回去。不过，于霞有一段时间电话打得频繁，几乎是每天一次，虽然听不懂说什么，但语气急切，像是跟对方在争辩什么。挂了电话，于霞坐在那里发了会儿呆才起身，走了两步，忽然想起来似的，从口袋里掏出五块钱放在电话旁边，冲我点点头，速速地走开了。

有时候于霞会带跳蚤去街上看电影，他们坐在铁匠铺外面等。于霞拿着一本杂志，阳光底下眯着眼睛看；跳蚤拿着一把小锤子，敲打塑料瓶子。姚国胜和姚建军在铺子里，闷头干活，叮叮当当敲打之际，忽然停下，姚国胜冲外面喊，"车子来咯。"于霞抬头看，呀呀呀地叫起来，"超超，车子来了！"说着把杂志扔到凳子上，一把拉起跳蚤往马路对面冲，跳蚤手上还捏着小锤子。等他们都上了车，姚国胜又开始叮叮当当地敲打，姚建军闷声不吭地在一旁翻转铁钎。到了下午回来，车子在铺子前面停下，跳蚤首先跳了下来，身上穿着一身新衣裳，嘴里还吃着冰棒，一边吃一边奔进铺子里，抱住姚国胜的腿，"爷，我好看啵？"姚国胜笑了笑，冲姚建军说："你看你儿子。"姚建军抬头上下打量了一番，又扫了一眼随着跳蚤进来的于霞，"嗯"了一声。于霞说："超超，回去了。我要去做饭了。"跳蚤说好，上前捏住于霞的手，一起离开了铺子。

于霞走的那一天也没有特别的征兆，还是像往常那样，把午饭送过来，等他们吃完，碗筷洗干净，装饭的篮子依旧搁在铺子里。走之前她跟姚建军说："我走了。"姚建军忽然警觉地问了一声，"去哪儿？"于霞淡淡地说："上街啊。"姚建军"嗯"了一声，于霞走到马路对面搭车去了。那天于霞没有回来，第二天还是没有回来。芸香跑到我家里来打电话，问了一圈人，没有谁再看到她。母亲问起家里有没有少什么，芸香跑到家里翻了一遍，并没有少任何东西，只是于霞的东西不知什么时候都已经悄悄不见了。姚建军蹲在稻场上低头抽烟，芸香催他上街去找找，他便上街去了，白天去，晚上回来，说去了汽车站、火车站各处打听，都不见踪影，又问于霞过去的好友，手机拨打不通，便知于霞不像是出事，是真走了。

跳蚤那几日倒是开心，今天一包辣条，明天一包方便面，婶娘问他哪里来的钱，跳蚤说："妈给的啊。"婶娘告诉芸香，芸香把跳蚤叫住问他，"你是不是偷了钱？"跳蚤叫道："妈给我的！"说着从口袋里掏出一把已经找开的零钱。原来是于霞走之前，悄悄给了他一百块钱。这些零钱芸香都没收了，跳蚤要去抢，芸香把钱举得高高的，跳蚤使劲往上蹦，还是够不到，只好蹲在地上哭。芸香没奈何，又往跳蚤手上塞回五块钱，跳蚤突然起身把钱扔到地上，"我要找妈去！"芸香问："你妈在哪里？"跳蚤说："她上街去了！"芸香说："那不是你妈，你妈跟别人过生活咯。"跳蚤愣住了，一屁股坐在地上，"我要等妈回来。"芸香扭身往屋里走，"那你慢慢等，就算你等到太阳从西头出来，她也不会回来。"

　　跳蚤先是在家里等，不肯吃饭，还闹脾气，被姚国胜打了一顿。后来他又坐在铁匠铺门前等，每逢有车来，他总是充满期待地站起来，探头去看下车的人，然后又失望地坐下。姚国胜说："你是猪油蒙了心是啵？！"跳蚤不理，眼睛直直地盯着车子来的方向。姚建军坐在灶台前，点了一根烟，哧溜哧溜几口吸完，忽然眼泪就下来了。姚国胜看了他一眼，"几大的事，没出息。"姚建军又点了一根烟，一边抽一边让泪水流着，也不去擦拭。烟吸完了，拿起火烫的铁钎放在台子上，配合着姚国胜一下又一下敲打。

4

　　早上，芸香说起没看到姚建军的事情，姚国胜说："他可能去铺子里咯。昨天一把锄头还没打好。"吃完饭，去了铁匠铺，姚建军并不在那里。姚国胜自己在铺子里忙了起来。中午芸香过来送饭，问起姚建军，姚国胜反问："他不在屋里？"芸香一下子急了，"该不是出么子事咯？"姚国胜骂她，"你个大臭嘴！"芸香没有言语，跑回家问到我家，我们没有见到，又问其他邻居家，也说不知道。芸香拉一把凳子坐在门口，拍着大腿呜咽，"真是小的不省心，大的也不省心。"到了晚上，跳蚤放学，芸香问起，跳蚤说起姚建军昨晚到过他房间。哥哥姚亮上初中后，住了学校宿舍，跳蚤一个人睡总是怕怕的。半夜楼上老鼠跑，他始终没有睡踏实，模模糊糊听到房门外有走路的声音，跳蚤问："爸？"脚步声停了，门开了，姚建军走了进来，坐在床边。跳蚤问："你要么事？"姚建军说："上厕所。"说着摸摸他的头，"你怕是啵？"见跳蚤点头，"没得么子怕的，明早叫你爷抱猫过来吃老鼠。"抽完一根烟后，姚建军起身，"你好好困醒。"说完就开门出去了。

　　芸香一听完，叫了一声，"不得了！真有事！"说完往铁匠铺那边跑，姚国胜已经收了工，往家里走。芸香刚一说完事情，姚国胜立马拐到垸西头，叫了自己兄弟，芸香这边跑回来叫了我父亲母亲和隔壁几家帮忙，跳蚤就托我照顾一下。天已经黑了，大人们打着手电筒，有往田间地头的，有往长江大堤的，有往隔壁垸的。跳蚤坐在我房间里看电视，正好是他爱看的动画片，笑得很开心。我拿出花生和瓜子让他吃，他吃了一把又一把。我不时起身出去看看，跳蚤家黑着灯，稻场上的衣服还没有收，风吹起来的时候，衣服在晾衣绳上飞动，一错眼还以为是一群人在走动。我心里一阵发毛，赶紧走进房来，跳蚤已经倒在椅子上睡着了。

凌晨两点时，我已经睡下了，电话忽然响起，是母亲从医院打来的。他们在河坡的林子里发现了姚建军，看样子是割脉自杀，现在送到医院抢救。挂了电话，睡意全无，看跳蚤在床上睡得正香，我走出了门。暗沉的夜色扣在静默的村庄之上，屋前草丛中零星蹦出一粒两粒虫鸣声。远处的长江大堤像一抹粗重的黑条把我们这些人束缚在其中。有隐隐的叫声传来，仔细听是跳蚤。我忙跑进屋，跳蚤坐了起来，我问他怎么不睡了，他说："爸爸来了。"我吓了一跳，四处看了看，"那他人嘞？"他摇摇头，"不见了。"我说："你肯定是做梦咯。"他坚持道："他真来了。"我打开电灯，房间里除了我们两人，再无他人。跳蚤眨眨眼，发了一会儿呆。我让他睡，他说："你莫走。"我说好，便陪他一起睡了。

清早我被母亲叫醒，她眼睛里满是血丝。她探头看了一眼还在睡的跳蚤，深呼吸了一下，对我说："你去初中把姚亮叫回来，就说有非常重要的事情。"我问："是么子事？"母亲又看了一眼跳蚤，小声说："你建军叔不在了。"我身子一沉，母亲催我起来，"快去叫姚亮回来。"我慌乱地起身穿衣服，"跳蚤么办？"母亲说："我来。"我来到堂屋，透过敞开的后门，能看到跳蚤家里聚集了一堆人，来不及细看，母亲又催我快去。我推出自行车，一路飞奔去初中，刚一上教学楼二楼，便看到姚亮和另外几个男生站在教室外面，显见得是被老师罚出来的。姚亮见我，嘻嘻一笑，"你么来咯？"我说："找你！赶紧跟我回去。"姚亮头往教室一撇，"你找我么事？"我迟疑了一下，这时从教室走出了一个中年男人，姚亮和另外几个男生贴着墙马上站好。这个中年男人是他们的班主任，我跟他说要带姚亮回去，班主任上下打量了我一番，"你是他家人？"不等我回答，他又接着抱怨，"你家这个姚亮噢，太不懂事咯。我跟你说，他——"他手指着姚亮，又往其他几个男生扫了一下，"晚上下了晚自习，带这几个人从男厕所翻墙出去，跑到街上上网打游戏，你说要得不要得？"姚亮说："他是我邻居。"班主任瞪了他一眼，"你去叫你家长来！"姚亮没有吭声，我把班主任拉到一旁说了事情的缘由，班主任叹了一口气，让我们赶紧走。

姚亮上了初中后，个子抽长，快跟我一般高了。他骑着自己的自行车，跟我并肩走。我不忍心看他，他却笑嘻嘻地看我，

"你快说么事，那个于霞回来了？"我说没有，他又问："我妈回来了？"我说没有。他没有问下去，吹起了口哨，加快了骑车的速度，很快就把我甩到了后头。我奋力追上他时，他高兴地大声喊："不上学真你妈爽！"我让他骑得慢一点，再慢一点，我甚至希望不要骑车子，只要能慢一点靠近村庄就好。然而他不听我的，又一次把我甩到后面，骑到前面的进垸口，转了一个漂亮利落的弯。再骑上两分钟，他就能到家了。

按照我们本地的习俗，非正常死亡，又有长辈在的年轻人，死后应立即埋葬，没有停放守灵，也没有乐队奏乐。我去的时候，姚建军的尸身已经被安放在匆忙准备的棺材里。村里一个房头的人都来了，壮汉们抬起棺材往垸外的坟地走，我们跟在棺材后面。上了贯穿整个垸子的大路往西走。秋日天气，天空湛蓝，一丝云也没有，地里还有人在摘棉花。沿途人家默默站在自家的门口，看棺材抬过去。母亲和婶娘搀着哭得已经走不动路的芸娘，姚国胜抱着跳蚤，姚亮紧紧咬着嘴唇，没有流泪，也不说话，走在人群之中，有人拍他一下，他瞪了回去。

跳蚤一副刚睡醒的样子，他趴在姚国胜的肩头，看向我，笑了笑，又看大家，"我奶为么子哭？"姚国胜闷声说："莫说话。"跳蚤盯着姚国胜看，"爷，你鼻孔毛长出来咯。"姚国胜不语，跳蚤又看前面的棺材，"里面是么人？"姚国胜不语，他又转头看向我，"庆哥……"我也不知道怎么说，姚亮忽然开口了，"爸爸死咯。"跳蚤讶异地盯着姚亮看，又扭头看棺材，"你骗人！爸爸昨晚回来咯。"姚亮不语。跳蚤抓手臂，抓完后又看自己的指甲，抬眼掠过棺材，又低头看指甲，"爷，你为么子不吹唢呐？"姚国胜声音发抖，"爷爷吹不动咯。"说完仿佛一下子丧失了所有的力气，抱着跳蚤的两只手松开了。我见不对劲，赶紧上前扶他，跳蚤自己落到地上，走在后面的叔伯也上前来搀扶，"哥哎，你要不就莫跟过去咯。回家好好歇息。"姚国胜"哎哎"地吸气吐气，踉跄地往前挪步，"没得事。"

　　姚建军下葬之后的第三天，姚国胜轻微脑中风，被送到医院求治，芸香待在医院照顾，姚亮继续回学校上课，跳蚤托付给我家照看。放了学后，跳蚤坐在我家大门口写作业，我在一旁看书。他的课本和作业本都揉得不成样子，下笔太重，铅笔头老断。我让他轻点儿写，他手攥着铅笔，在作业本的格子上扫，莫名让我想起猫须掠过水面的样子，笔迹轻淡得看不出写了什么。我又让他重一点，他写了两个字笔头又断了。我给他圆珠笔，他说老师不让用，自己拿铅笔刀削铅笔，嘴里咕咕哝哝，我问他说什么，他说："妈买的。"我没听清，他又说："笔，妈买的！"我明白，他说的是于霞。

　　做完作业，我让跳蚤去房里看电视，他却跑到灶屋，母亲正在做饭。跳蚤拿起扫帚扫地，母亲忙说："超哎，莫管咯。你去玩。"跳蚤扫完地，坐在灶屋的小台阶上，把择好的菜叶搁在一旁。母亲说："你去看动画片。"跳蚤继续择菜："动画片不好看。"母亲说："你在这里莫拘谨，就当自家屋里一样，晓得啵？"跳蚤"嗯"了一声，择好菜，端到盥洗台上，由于人只齐盥洗台高，他又去端来小板凳，站在上面。母亲转身才看到，慌忙过来把他抱下来，"我来洗就好咯。"跳蚤说："我能洗。"母亲笑道："晓得你能。"说着自己洗了起来。跳蚤又去灶台看着火势，不时添加几把柴火。吃饭时，他只吃眼前的那一盘菜，母亲新买了肉，炖了汤，端给他喝，他喝了一小口，喝喝看看我们。母亲说："还有好多嘞。"晚上跳蚤跟我睡。洗完澡，坐在床上，他在发呆。我问他想什么，他像是忽然发现我在这里，不好意思地倒在床上，转身躲开我的目光。夜里十点多，芸香过来时，跳蚤已经睡着了。芸香一脸憔悴，低头细看跳蚤的脸，摸了摸，站在旁边的母亲说："让他在这里睡好咯。"芸香小声地说，"大妹哎……"话还未完已经哽咽了，母亲拉着她的手往外走。

姚国胜出院后，经常坐在稻场上，手里拿着一把拐杖。病情虽然没有大碍，手脚还是有点儿不利索。太阳好时，把陈年的麦子拿出来晒，时有麻雀过来啄食，姚国胜挥舞着拐杖"嚯嚯嚯嚯"地赶，麻雀慌忙逃开，不一会儿又回来了，姚国胜已经打起盹来了。芸香把姚建军房里的被子衣服都拿出来晒，一件件摊开，拿鸡毛掸子轮流拍打，灰尘跳跃起来，在阳光里奔来逐去，迷了眼睛。芸香拿手揉了揉，眼泪就出来了。姚国胜醒了过来，骂起芸香，"你要哭滚进去哭！看了心烦。"芸香哭得越发大声，姚国胜把拐杖砸过去，芸香躲开，回骂："你打死我要得！我死了你也活不成！"

流年不利，芸香决定去吕祖祠敬香，邀我母亲同去。我骑电动三轮车载她们，带上了跳蚤。过了百米港，便到了吕祖祠，芸香和母亲进了正殿去烧香磕头，我和跳蚤在外面等。天气阴沉，马路对面田地的棉花秆立在风中，池塘飘着一层落叶。跳蚤突然说："哥哥。"我随他指的方向看，姚亮正骑着自行车，跟另外几个差不多大的男生往市区骑。跳蚤喊了一声，姚亮停住了，一只脚点在地上，另一只脚还在车踏上，"你么跑这里来咯？"说着又瞅了我一眼。跳蚤高兴地说："拜菩萨啊。"姚亮撇嘴，"迷信！"此时芸香拿着三炷香出来，姚亮连忙骑车，"我走咯！"芸香喊道："今天不是有课?！"姚亮头也不回，跟那几个男生飞速地逃走了。芸香气得直骂："读书读到牛屁眼去咯。"跳蚤说："我晓得哥哥去做么事咯，他去网吧上网！"

芸香回去后说了这件事，姚国胜第二天去学校，把姚亮带了回来，连带着把他在宿舍里的被子衣服都给带了回来。姚国胜坐在堂屋中央，让姚亮跪下。姚亮不肯，姚国胜举起拐杖打他的脚，姚亮招架不住跪下了。姚国胜问："你自家说，你还读不读得进去？"姚亮说："我讨厌读书。"姚国胜又问："你自家想好，莫怪上人不供你读。"姚亮没有言语。姚国胜继续问："你不读书，打算么办？"姚亮说："我好几个同学都去广东打工，我要找他们。"姚国胜说："不准去。"姚亮不语。姚国胜拿出烟来抽，半晌后说："你跟我打铁。"姚亮说："现在这个年代，么人要打铁？"姚国胜又是一棍打过去，"老子打铁挣的钱，供你们吃喝，你还看不上?！"姚亮不语。

姚亮走的时候，谁也没有告诉，倒是留下一张纸条，"我找我同学，不要担心。找到工，就打电话。"与此同时，芸香发现压在床头下面的一千块钱不见了。大家说去车站找，还有的去学校问，姚国胜淡淡地说："不找他。他自作孽，我不管咯。"大家不好再提，芸香私下递给我几个手机号，说是姚亮几个同学家里的电话，让我打过去问问看，接电话的其中有一家的确打听到了姚亮的下落，他已经去了东莞一家电子厂，芸香又托我打电话叫在东莞打工的小叔去看一下，小叔回电话说人没事，做得挺好，芸香这才松了一口气，"都怪我多嘴告诉老头。老头真是气得人死！"那时姚国胜又去了铁匠铺，停歇多时，耽误了不少活儿，得连夜赶工。

5

再一次见到跳蚤，已经大变样：原本细小如豆芽，现在却有了少年的模样，长胳膊长腿，头发也长，刘海遮住半边眼，脸上有了青春痘，额头和鼻头都是，走路垮垮的，有人叫他，他扭头也不看对方，仿佛对着空气，嘴角撇向一边，莫名多了一份不屑的神气。他来我家时，我几乎没认出他来。那时候我刚从外地回来，皮箱打开，正在整理衣服，母亲陪在旁边说话，一抬头笑了，"超儿，你放学了？"他靠在门边，不置可否地唔了一声。母亲又说："你庆哥从北京带了不少好吃的，你拿几包回去给你奶和爷尝尝。"母亲把我带的几包特产递过去，跳蚤没有伸手，他往后退了一步，"奶让我把水桶还过来，我放在灶屋里咯。"没等母亲回应，他就跑走了。母亲把特产又搁到桌子上，"跳蚤现在变鬼咯，一天说不了三句话，管么人跟他说话，他都懒带理的。跟他爸爸一模一样。"

　　收拾好行李，睡了饱饱的一觉，醒来一看是下午时分，外面淅淅沥沥下起了雨。几年没有回来，家里和周遭变化感觉并不大。雨水打在窗棂上，飞溅了进来，我起身去关窗户。窗外跳蚤打伞走过，我叫了一声，"跳蚤！"他停住了，立在那里看我。雨点敲打在伞面上，砰砰作响。他小声地叫了一声"庆哥"。我笑道："现在不能叫你跳蚤了，你都长这么大了。"他低头，头发垂落下来，露出染过的痕迹，"没关系的。"他簇新的运动鞋踩在水泥路面上，落下的雨水从他的脚边淌过。我又问他："你读初几了？"他说："初二了。"他的声音也变得粗嘎低沉了，不仔细听都听不清在说什么。他身上的衣服也是新的，上身纯白色印着英文字母的短袖，下身蓝色牛仔裤。他被我打量得有些不好意思了，"庆哥，我有事先走了哈。"我忙说好，他匆匆挥挥手离开了。再一看他去的方向，等着几个跟他一般大的男生，我都不认识。也许那些人，就是当年叫他一起去捉龙虾的几个吧。

芸香赶出来，冲着跳蚤喊："你要是再跑上街瞎搞，莫怪你爷又打你！"跳蚤没有理她，跟那几个男生速速走远了。芸香老了很多，尤其是肩垮了下来，背也明显驼了，头发花白。我叫她，她高兴地招手，"你回来啦？"说着也不打伞就冲了过来，捏着我的手，细细地打量我，"胖了好多咯。"她说话的时候，头和手都在不断晃动，嘴角一直在抖。我说起跳蚤，"他变化好大噢。"芸香"哎哟"一声，连连摇头，"我越来越不懂他，他都不跟我们说话，成天学也不好好上，就晓得跟那些乌七八糟的人乱混。"我说："青春期的男伢儿都这样。"芸香撇过头，脖颈皱纹堆起，"他爷管不动他咯。打了他几次，他就离家出走，几天不回来，急得人死！我四路找，不是在这个同学屋里，就是在那个同学屋里，我担心有一天他跑走，我哪里都找不到他。他爷现在也不管他了，随他自生自灭算咯。"我一时间不知道如何回应她，芸香也没有再说话。

夜里，听着雨声睡下，可能是白天睡得太多的缘故，晚上怎么也睡不着，便爬起来看书。凌晨一点多，忽然听到"奶"的叫声，随之而来的是敲门声。我探头看去，原来是跳蚤站在自家门口，全身都湿透了。很快，屋里亮灯，大门开启，芸香披着大褂出来，一见跳蚤惊呼，"你头上为么子流血咯?！"跳蚤丢下一句"你莫管"，连忙躲了进去。门又一次关上了。还没过两分钟，门突然打开，传来姚国胜的怒骂声，"滚！有多远滚多远！"跳蚤被推到了门外。芸香赶过来拉住姚国胜，"有话好好说。"跳蚤转身向大路走去，芸香急忙喊道："你还真走啊?！"正要出去拉，姚国胜一把把她拉回来，很大力地关上大门，上了门栓。跳蚤立住，回头看了一眼门口后，大步往大路上走。

　　等我赶上跳蚤时，已经到了村口。雨下个不停，路上全是水坑，匆忙出门穿得少，风一吹还挺冷的。我连叫了几声，跳蚤才听见，他转身见是我，讶异地说："庆哥……"我上前把他拉到我的伞下。他全身湿透，发梢上都是水珠，额头在昏暗的夜色中也能看到有伤口，还在流血，鼻梁和嘴角看样子也被打得不轻。我拉他往回走，他僵在那里不动。我看他，他低头。我再拉他，他还是不动。我说："你今晚去我屋里。"他还是不动，我不管了，强拉着他往回走。他的手细而长，在我的手中像是难以驯服的野兽一般扭动。我还是不管，强拉着他到了我家，按在堂屋的椅子上，"坐好，不准跑！"我没想到自己的口气会这么重，他居然真的没有动，只是闷在那里。我叫起母亲，让她给跳蚤找我以前读书时的衣服换上，我自己又去找来纱布、药棉和碘酒，给他的伤口上药和包扎。他的胳膊和脚都有瘀伤。

母亲把衣服拿了过来，细细地看看伤口，摇头道："跳蚤啊，是不是又在街上打架咯？"跳蚤立马起身要走，被我按住。我让母亲把衣服放下去休息，母亲又看了一眼跳蚤，默默走开了。

我的衣服穿在跳蚤身上，显得有些肥而短，他手臂和大腿都没有什么肉，细细的脚踝露在裤子外面，一时间我有些恍惚，感觉小时候那个跳蚤还会从门背后跑出来。还是睡我的床，还是睡他小时候常睡的那边。雨声没有停歇，滴滴答答，遮天蔽地。我偷眼看他，他侧身缩成一团，没有任何声音。我知道他没有睡着，他的姿势一直没有变过。我叫了他一声，他动了一下，但没有回应。我接着说："你是不是被人欺负了？"他小声地说："没有。"我又说："我不管你是被人打了，还是打人了，我希望你有事情要告诉我们。你爷你奶太怕你出事了。你晓得不晓得？"他"嗯"了一声。我怕自己的口吻像让他讨厌的大人，便闭嘴没有再说什么。他也没有再说话，不多一会儿，就传来他细细的呼噜声。

早上醒来，跳蚤已经不见了。我跑到灶屋问母亲，母亲说他去学校上课了，我这才放下心来。吃完早饭，收拾一番，走到村口的公路搭车去街上。车没来之前，我先去铁匠铺转转。姚国胜似乎老缩了，原本高大的个子现在看起来小了很多，蜡黄的脸，磨花了的眼镜片后眼睛混浊无神。他坐在椅子上，灶台没开火，铁钎搁在地上，墙上挂着各种农具，蒙了一层灰。

我叫了他几声，他才回过神来，见是我，勉力笑笑，给我递上小板凳，我接过来坐下。一时无话，马路上空空荡荡，车子没有来的迹象。姚国胜拿起一把生锈的柴刀在磨刀石上耐心地磨，许久才说了一句话，我没有听清，他只好再说一遍："他伤口没发炎吧？"我一时间没反应过来，"么人？"他像是极不情愿地回答，"那个细鬼咯。"我这才知道他问跳蚤的伤情，"没得事了。"他没有言语，继续磨刀，而我的车子总算来了。

　　在家里把相关的事情处理完了，我要去武汉待一段时间。父亲开电动三轮车把我送到市区的汽车总站后，因为有事就先走了。时间还早，狭小的车站位置都被占满了，我出来到附近找个地方打发一下时间。沿着车站后巷一路走下去，溜冰场、麻将馆、桌球室、发廊、小超市，挤挤挨挨地贴在一起，年轻人成群结队地窜来窜去。好容易看到一个小网吧，一进去烟雾弥漫人头攒动，久不通风的腌臜气逼得我想要赶紧离开，但是出去也没有什么好逛，只好进去，在靠近卫生间的地方找到一台电脑打开，随便点开网页打发时间。抬头看去，网吧里多是十来岁的少年，很多还穿着校服，基本都是在打游戏，噼噼啪啪地敲打键盘，屏幕闪亮之时能看到他们既兴奋又专注的眼神。

　　跳蚤。跳蚤。我忽然听到有人在喊，心头莫名一紧。声音从我身后传来，我转头看去，跳蚤从卫生间走出来，嘴巴里栽着一根烟，头发黄绿混杂，走路的姿势垮垮的。他没看到我，我也不想他看到。叫他的人坐在我这边，跟他招手，他扬起手算是回应，然后坐到我斜对面的位置，继续开打。烟气缭绕，他眯着眼睛，盯着屏幕，手臂时前时后，嘴巴里嚷着，"操！操！你怎么打的！你配合我啊！妈的，我死了三条命了！"家里那个安静少语的跳蚤，原来只是一个假象。我久久地凝视他，他瘦削的长脸，淡淡的眉毛，随着屏幕闪动的眼睛，都让我陌生。跳蚤。跳蚤。又有人叫他，他回应，"娘个屄！这一盘要是输咯，你就去吃屎！"叫他的人笑着回骂，"跳蚤你莫太神咯！看是你死还是我死！"我一看我的车次时间快到了，便起身离开，走过他眼前时，他正看着电脑，根本没有留意我。结完账，回头再看他，他跟网吧的那些少年一样，几乎很难分清谁是谁了。

6

半年后，忽然接到母亲来电。一般在我上班期间，母亲是不会打电话的，这次听她的语气，却是等不到下班后了，"武汉大医院的医生你认不认识？"我想了想，还真没有认识的。母亲叹气，"真是急人！"我问怎么回事，母亲说："跳蚤出事了，现在在市医院里抢救。"再一问，原来是今天早上有保安在造船厂附近的林子里听到有人喊救命，跑进去一看，跳蚤浑身是血地躺在草丛中。他当时虽然身受重伤，意识还是清醒的，还告诉保安我家的电话号码,是母亲接的电话。现在跳蚤在抢救室里,生死未卜,姚国胜和芸香,还有几个叔伯都等在外面。

挂了电话,我连忙请假,火速打的去傅家坡客运站,买最近的一班车赶回去。高速公路两旁的油菜花都开了,远山绿意葱茏,而我无心观看。路上的三个小时,从来没有这么漫长过。好容易到了市区,我又打的赶到了市医院,来接我的母亲告诉我跳蚤已经从抢救室里推了出来,现在在三楼病房,处于昏迷不醒的状态。打的人下手非常狠,跳蚤的手和腿多处骨折,身上还有多处刀伤,虽然出了抢救室,但并未脱离生命危险。我和母亲赶到重症病房,门外姚国胜和父亲正在跟警察说话,进去后芸香和两位自家婶娘围在床边。我靠了过去,跳蚤躺在床上,眼睛紧闭,裸着上身,插满管子,额头、手臂绑上了绷带,脸颊和嘴角瘀青,肚子轻微地起伏,显示他还活着。芸香叫,"超儿哎!超儿哎!"跳蚤没有反应。

母亲留下照看,我出去时,警察还在,姚国胜和父亲正在讲事情的来龙去脉,这些都是跳蚤还清醒时告诉他们的。一个月前,跳蚤在溜冰场玩,经同学介绍,认识了一个叫大马的人,大概十六七岁的样子。大马对跳蚤很好,请他溜冰,带他去吃烤串,还去 KTV 唱歌。两周前,大马邀请他去田镇玩,跳蚤跟着他就去了。一到田镇,跳蚤发现自己上当了。大马带他来,是为了打架。两拨人,大马这边十几号人,对面十几号人,各自拿着铁棒、刀子要干架。跳蚤躲到一边，看着两边人打得不可开交，吓得动弹不得。不知是谁报了警，派出所来了警察，把两边人都逮捕了，连带躲在一旁的跳蚤。虽然一再申辩自己没有参与打架，跳蚤还是被铐了起来。警察挨个问话，很多人说自己只是玩，跳蚤很害怕，说出是大马带他去的。

姚国胜去派出所把跳蚤领了出来，狠狠地打了他一顿。学校那边因为跳蚤参与打架一事，又加上之前缺课太多，把他开除出校。前几天，芸香发现自己藏在衣柜里的一千块钱不见了，问跳蚤是不是拿了，跳蚤没有说话，姚国胜又是一顿打，让他把钱拿出来，他说已经没有了。问他钱花到哪里去了，跳蚤不肯说。第二天，跳蚤跑到铁匠铺里，向姚国胜要五千块钱，姚国胜问他原因，他说："这是救命钱！我要是不给钱，就没命咯！"姚国胜追问究竟出了什么事情，跳蚤这才说起大马因为自己招供被抓，现在大马的手下过来要找他算账，条件是给他们六千块钱，不给的话要他的命。姚国胜因为昨天跳蚤偷钱的事情正生着气，现在又来这一出，气得不行，拿起铁钎就打，跳蚤往外逃，一边跑一边还在喊："爷哎，真的啊！我实在没得办法咯。"姚国胜吼道，"你看看屋里现在是不是有一分钱?!"姚国胜后来才想起来，跳蚤逃出去的时候，远处站着几个年轻人，但当时他气糊涂了，根本来不及看这些。当天晚上，跳蚤没有回家，芸香要去找，姚国胜说随他去，反正他经常夜不归宿，谁也没有想到跳蚤现在躺在这里。

　　警察做完笔录后离开了，我们又一次进到病房。跳蚤的呼吸越来越微弱，芸香一次又一次叫他的名字，他都毫无反应。姚国胜上前，轻轻地拿手碰他额头，又摸摸他的脸，跳蚤嘴角突然抽动了一下。大家都莫名地兴奋起来，叫医生来看。医生检查后，摇摇头。到了晚上八点，跳蚤醒来了一次，要喝水，芸香喂他喝了一点。姚国胜问他饿不饿，他沉默了半晌，忽然说出了一个字，"妈。"姚国胜立马要去找王利华的联系方式，他又说："霞。"大家这才知道他说的是于霞，一时间有些无措，毕竟谁也没有于霞的联系方式。姚国胜依旧说马上去联系。十来分钟后，跳蚤又一次陷入昏迷。晚上十点零八分，跳蚤停止了呼吸。

　　跳蚤的尸体要被送到火葬场了，芸香拉住不肯，我们告诉她现在都是要火化的，不像以前可以直接土葬，她这才放了手。火葬场的化妆师功夫了得，跳蚤躺在那里，身穿我上次回来看到的那套新衣服，脚上的鞋子还是新崭崭的，脸上的伤痕扑了粉，看起来毫无痛苦的痕迹，甚至透出红润，一时间我觉得他只是沉睡入梦，只要等一等，就能睁开眼。芸香被母亲搀着过来，她伸手去抚摸跳蚤的脸，又去摸他的胳膊，嗓子已经哑得说不出话来，全身抖得厉害，像是特别怕冷。姚国胜不需要父亲扶，远远地立在那里，盯着跳蚤看，脸上看不出什么表情。简单的告别式后，尸体被送进了焚尸炉，我们等在外面。过不了多久，师傅拿出铁盒，放在我们面前，"骨头还有一些没有烧完的，你们敲碎。"铁盒子里是跳蚤细白的骨头，脚关节、手关节、腔骨……盒子边上是锤子，姚国胜拿起来敲，每敲一下，芸香都一哆嗦。姚国胜没有停，骨头敲碎后，装在事先准备好的黑色骨灰盒里。

在姚建军坟边上，姚国胜拿铁锹挖坑，父亲和叔伯们要帮忙，他拒绝了，"细伢儿小，用不到这么多人。"挖好后，把骨灰盒放了进去，填土之前，他从随身带的布袋子里掏出擦拭得干干净净的唢呐，"伢儿嘞，你生在我屋里也是造孽！以后托生要去个好人家啊，晓得啵？"他拿起唢呐吹起了《大出殡》，吹到一半，停下来喘气，又接着吹下去，又一次停下，蹲下来摇头，"我吹不动咯。"说着，他把唢呐装在袋子里搁在骨灰盒旁边，一锹一锹地填土，直至堆成了一个小坟包。我们静默地站在一旁，不敢动。芸香在坟头放上黄表纸，用砖头压上，又在坟前烧了一摞。黄表纸烧完后的纸灰，随风一吹，在空中舞动。

打跳蚤的三个人被抓住的时候，一个还在网吧继续打游戏，一个在学校里上学，还有一个在家里睡觉。因为三人均未满十六岁，一个被判七年，一个五年，一个三年。姚国胜不服，又继续上告，法院还是维持原判。而法院判决的赔偿金，三个被告家庭都以各种理由拖着没给。叔伯们劝他放弃算了，他依旧坚持，每年都要反复去跑法院，虽然从来没有什么效果。每年回去，姚国胜都跑来找我，把自己写的申诉状给我看，让我提提意见。我把这些也给了学法律的朋友看，他们说这个案件已经定案了，判决也有理有据，没有再翻案的可能性。姚国胜听完我的转述，生气地说："哪里有理有据?! 杀人要偿命，这是天经地义的事情! 我细伢儿死得这么惨，就这么算咯？"他瞪着眼睛看我，越说越气，"你是没看到，关在牢里的那几个，现在都出来咯，个个活得几好! 我几次去他们屋里要钱，他们拿起棍子来撵我。你说怄气不怄气？"他伸手把衣袖拉起来给我看伤疤，"你看看，你看看! 这就是他们打的，你说我能不能咽下这口气？"我看到他眼眶湿润了，一时间不知道说什么好。

今年过年回家，正好赶上大年三十，下午跟着父亲去上坟祭酒。放鞭炮、磕头、祈福，在祖宗的坟前烧纸洒酒。上完坟，沿着坟间的泥路走，有些地方不好过，我看到有人从那低矮的坟头踩过去，心头猛地一跳——那是跳蚤的坟。如果不仔细看，还以为是稍微凸起的小土堆。我问父亲要了些纸钱，蹲在他的坟前烧，也顺带给姚建军烧了一些。父亲站在一旁吸烟，"一晃哈，十年过去咯。"烧完纸，我们继续往家的方向走。迎面有人叫我，"庆哥。"我迟疑地打量了一下眼前这个胖乎乎的年轻男子，他手上还牵着一个小男孩。父亲问："姚亮，你么会儿回的？"姚亮笑回："才到屋，生意太忙咯。"说完又冲我笑笑，低头对小男孩说，"浩浩，为么子不叫人？"小孩子羞怯地看看我们，往姚亮身后躲。大家又是一笑，各自走开了。

到家里，我回到自己房间坐下。窗外鞭炮声此起彼伏，到了晚上会更加热闹。母亲时不时拿饼干和苹果过来问我吃不吃，我都说不用了，因为的确是没有什么胃口。我听到芸香过来向母亲借碗筷的说话声，又听到姚国胜叫芸香的声音。起身往窗外看，姚国胜拄着拐杖坐在稻场上，芸香拿着一叠碗筷匆匆跑过去，"做么事哎？我忙得脚不沾地，你坐在这里跟个老佛爷一样！"姚国胜老缩了很多，眼镜片也厚了很多。他抬起头，"叫你也犯法？你床铺好了？亮儿一家睡哪里？"芸香说："要你瞎操心！我多百年前就准备咯，你是瞎了眼咯。"姚国胜没有言语，芸香急匆匆地奔进了灶屋，有一个年轻女人在烧火，我想该是姚亮的媳妇。太阳正好，姚国胜坐在那里打起盹来，偶尔有鞭炮声炸响，他会忽然醒来，迷迷蒙蒙看看四周，又继续打盹。稻场的木架上，芸香晾晒了好些衣服，风吹来，衣袖飘动，像有个无形的人在飞。

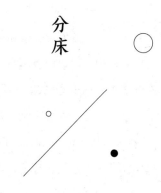

分
床

1

回家的第一个晚上，我就发现父亲和母亲分床睡了。父亲在前厢房，母亲在后厢房。看电视也不在一起，父亲在前厢房躺在床上看，看着看着，张着大嘴睡着了；母亲要照顾两个侄子，在三楼我哥哥家的客厅看，直到晚上九点后我嫂子下班回来，她才下楼回后厢房休息。吃饭的时候，母亲在厨房刷锅扫地，父亲跟我们一起坐在桌子上吃饭，等母亲忙完来吃，父亲已经吃完了。他们，很少有时间单独在一起。

还住在老屋时，我们一共三间厢房，进大门左手边前厢房是父母的卧室，后厢房是我的，右手边前厢房是哥哥一家的，后厢房与灶屋打通，放农具和杂物。无论是看电视，还是吃饭，我们都在一起。空间只有那么大，大家生活在一起习惯了，也不觉得局促。一旦到了新屋，三层半，一楼住我父母，二楼留给我未来结婚用，三楼住我哥哥全家。这是我父亲的构想，他觉得未来全家一定会住在一起，便如此安排。如今，父母住在一楼，二楼我只有过年回来住上几天，平时都是空着的，三楼我哥哥常年在外，嫂子在家这边上班，母亲管着他们两个孩子。

从老屋搬到新屋，不只是住所的变化，还有我们关系的变化。空间一下子多出很多，大家都有了自己的房间。我总觉得父亲和母亲关系的变化，是母亲主动选择如此的。她终于有了自己的一间房子，房门关上，父亲的鼾声、侄子们的打闹声、哥嫂的争执，都可以隔绝在外，她可以睡一个踏踏实实的觉。这是她在长达四十年的婚姻生活之后，才得以实现的梦。父亲的房间，有沙发，有衣柜，有电视，有各种各样的零食；母亲的房间，可谓寒素，一张床，是我们家最老的，可能有五十年历史了，除此之外就是各种箱子和纸盒子，装着家里的年货、衣服和各种暂时用不上的物件。她完全可以把房间收拾得跟前厢房一样，但她看样子已经知足了，毕竟这是她自己的房间。

2

回家前我给自己制订一个要完成的清单，其中有一项是：陪父母看电视。现在看来，也难以实现。我有时候在三楼陪母亲坐坐，有时候又下到一楼陪父亲聊聊天。过去在老屋，大家坐在一起吃着瓜子扯着闲话的场景再难出现。两边陪看电视的时间都差不多，不会在哪边多待片刻。父母可能不会在意这些，但我作为孩子还是会注意的。大家在小时候好像都会碰到这样的问题："你是更喜欢妈妈呢，还是爸爸？"我们这些老于世故的小孩都会沉着应对："都喜欢。"绝不在言语中偏向哪一个，但实际上我们都会有更在乎的那一个，虽然在口头上不会说出来。

一年的大部分时间我在北京，每回打电话回家，总是父亲接的电话。父亲第一句永远是："你吃饭吧？"我说吃了，又问："北京冷吗？"我说不冷，相互之间沉默了一会儿，父亲又问："你吃饭吧？"我们之间好像没有可说的，虽然父亲很想再说一点什么，但他自己也想不出话题来。等我觉得说了足够的时间，让他觉得我不是在敷衍他，这才小心翼翼地问："我妈在吗？"他说："你妈在三楼。我去叫她。"我还没回答，他就把电话搁到一旁，仿佛也松了一口气似的，我能听到他向门外走的声音，也能听到他站在楼梯口喊我母亲名字的声音，不一会儿，我母亲下来，跟父亲说："有么子好说嘞，你说就是了。"父亲说："你说嘛！说嘛！庆儿要跟你说话。"紧接着母亲拿起了话筒，"喂，庆儿啊！"一听到那熟悉的声音，我的心立马热乎起来。

我喜欢跟母亲说话，虽然长这么大了，一跟母亲说话，就感觉自己还是个小孩。她也会问我吃饭了吗，可那是真问：吃了什么？怎么没有买肉吃？牙齿好点了吗？天气冷不冷？衣裳够不够？过年带过去的秋裤还能不能穿？……各种细微的问题，贴合着你的生活，吃喝穿住，都一一地问到了，这就是母亲。

母亲在，家就在。小时候，父母去长江对岸的江西种地，如果只有父亲回来了，我会很失望，虽然父亲很想我，抱着我亲，胡茬子扎得我只想躲；如果是母亲回来了，我则欢天喜地，感觉这个大屋子一下子亲切起来。母亲在地里锄草，我坐在田间地头看她，有时候也下去帮忙；母亲洗衣服，我蹲在一旁递衣服。我时时刻刻都想赖在她身边，害怕她又一次离开。

最喜欢的还是跟母亲一起在灶屋里。她煮饭炒菜，我烧火。麦草引火，棉花秆折断塞到灶膛里，旺盛的火苗舔着锅底，水蒸气从盖子沿儿潜出来。我们一边手上忙着一边说话，我总喜欢说我这里不舒服那里不舒服，母亲就说："那去医院检查。"去医院也检查了，都没毛病。我想，那时我总是想用这种方式来让母亲把注意力放在我身上吧。有时候问起母亲是如何跟父亲相识的，母亲说："这有么子好说的，都不晓得多少年前的事情了。"我还是一再央求她说。

那时候还在老屋的灶屋，空气中弥漫着柴火的霉味和青菜的微香。光线暗淡，看不清坐在饭桌对面母亲的脸庞。母亲说起了他们第一次相识的场景："都四十年咯，我还记得。那一天，我被人带到你爸家来相亲。他家在塘边上，几间土房，茅草压顶。我坐屋里，你奶奶小脚转个不停，忙着招待。你爸倒是出去干活咯。"

我问道："咦？是相亲哩！这么重要的日子，爸爸还出去？"

母亲点点头，"你爸是圹里的队长，集体里干活，他走不开的。连我也是请了假批准了才敢出来的。有人把你爸叫回来。你猜你爸进门时是么样儿？"母亲不等我回答，就忍不住笑起来，"一身的塘泥，挖藕糊的。穿着黑布褂，灰色麻布裤，屁股上还补了几块大补丁呢！"还未说完，我的眼前浮现出年轻的父亲，是如何把上衣扯长，好遮上补丁的忸怩样。"你爸一进屋，东摸摸，西蹭蹭，就是不看我。我也是头都抬不起来，坐也不是，走也不是。"

我笑说："我听我爸说了。说是有一回在圹里看到了你，回来晚上睡不着觉，第二天，就叫人做媒，有这事儿？"

"听你爸瞎说！"母亲扭头拿起筷子赶苍蝇。

"那是么人给你们做的媒呢？"

"你龙伯。他和你外公好得很。有一次，你龙伯在我家喝酒，夜深了，外公就送他回家。龙伯回到家，看到外公孤零零一个人儿走荒路，心里放不下，又赶着送你外公回家。两人你送我我送你，送到天明，两个人儿还在路上。"

说到这里，我们都笑了起来。天已经黑透，但我们懒得去开灯，边吧啦吧啦拍蚊子，边一句接一句地聊。母亲说到最后感慨道："我那时的嫁妆，几本《毛泽东选集》，三床棉被，一套水杯，一件水红衬衣，就管么子也没有了。结婚的第二天，我和你爸就被派到水库去挑土。连张结婚照都没有……"

结婚的第二年,母亲生下了我哥哥;七年后,又生下了我;二十八年后,哥哥跟嫂子结婚,第二年生下了大侄子,又隔了四年,生下了小侄子——至此,我们家的格局就此定了下来。四十年后的今天,父亲和母亲成了爷爷和奶奶,而他们之间的生活却悄然发生着改变。

3

我回家之前,母亲给我打了一次电话——这是非常罕见的。一般到了周六,我都会给家里打个电话,也没什么事情,主要就是报个平安问候一下,说上几句就挂掉。打电话,尤其是拿手机打,对母亲来说是麻烦事,我以前过年在家时特意教她怎么按按钮,还把家人每个人的手机号都抄得大大的,以便她找到。这次她突然打电话过来,寒暄了几句,就感慨了一声说:"你爸爸噢,气得人死!"我忙问怎么了,她接着说:"你爸爸不再是当年那个爸爸了,现在完全变了一个人似的!"

我父亲是公认的好脾气,尤其是在我这么多叔爷之中。我们家族从我爷爷那辈算,爷爷排行老大,他有四个弟弟,五兄弟一共生了十七个男丁,除开我父亲,几乎没有不打老婆的。从小我便时常看到我的那些叔爷在家里打婶娘的场景,全家子女跪在那里求情，这时往往会有我的堂姐哭着跑来找我父亲："细爷，你快去！我爸爸又打我妈咯！"父亲赶紧放下碗筷，冲了过去。唯独我父亲不会对我母亲动手，也许他生性良善，也许他真的是喜欢我母亲，这一点我深感庆幸。

我在北京有一位拍纪录片的好友，我看过他拍他父母的纪录片。片子里，朋友的父亲和母亲相处得极为融洽，他父亲怕妻子太累了会给她端凳子，头上有脏东西会亲手给她摘下来，家务活样样都会去做……你能看到一个好丈夫是如何去体贴呵护他的爱人的，那些在生活中的点滴关怀，让我为之动容，而且十分羡慕。我父亲，从来没有对我母亲这样做过。他虽然没有打过母亲，但是也不体贴她，这是我这些年来的感受。我心疼我的母亲。

我一直觉得父亲是个长不大的孩子，他自我的一面始终都在。小时候，我一直睡在父母的中间，有一晚牙疼得我直哼哼，母亲一直在安慰我，到了下半夜，牙疼并不见好，我哭了起来，父亲因为睡不成觉，恼起火来，劈头给了我一巴掌。我母亲气得爬起来，要抱着我回娘家。这些年过去了，想起当时的一幕，依然像是一根刺扎在心底。不能说他不爱孩子，在江西种地很久才回来，一脸胡茬，见了我抱着就亲，我知道他是爱我的。只是说，他没法体贴，这个需要耐心和细心，他做不到。

就拿打电话来说，他会在电话中说："哎哟，么办？屋里棉花不值钱咯！……天天下雨……俺垸里菊花娘前几天中风死了……讨债的人来了……"他会说出很多让人听了心为之一沉的话，他内心的恐惧和担忧，都不经过滤地倾倒给远在千里之外的我。我会在电话里安慰他，让他不用太担心，需要钱我打钱，都没事的。我像一个大人，一直在抚慰一个受伤的小孩。然而一旦是母亲打来电话，我心里立马松弛很多，母亲会告诉我没事，一切都正常。我们会像以往一样聊起各种琐事，我觉得这是一种成人之间对等的交流。

当然，我们都习惯了在电话中报喜不报忧。你那边怎么样？很好啊。你在北京如何？我也很好啊。而父亲常会揭开生活不容易的那一面，其实我们都知道，只是不说，但父亲不会掩藏。他一辈子常在这种担忧中度过，需要人来抚慰，这个角色过去是我母亲，现在又加上了我。如今，我母亲突然打这个电话来，语气中是气呼呼的，告诉我父亲已经变成另外一个她不太认识的人了，我其实并不意外。

我读大学时，父亲中风，一边手臂不能动。母亲说他每天坐在老屋门口，无精打采。母亲跟他说："你现在还不能死，你儿子还没读完书。"其实话里也是让他别这么轻易就被病魔给打败了。还好中风不严重，过了一些时日，身体机能又恢复了。过了几年，又检查出来有糖尿病，这对父亲来说又是一次打击。他原本人到中年身体发福，现在却瘦得颧骨都出来了。那段时间，他经常给我打电话，告诉我垸里谁死了，谁得了癌症，死亡的威胁惘惘，他内心特别害怕。

糖尿病是不能多吃甜食的，可他管不住自己。过年时，他拿起苹果就吃，可乐放在桌子上，不到一天，就会被他偷偷喝完。一旦被我们发现，他就说："苹果不是甜的！"我说："你相信自己的话啵？"他不说话。跟母亲一说起这事，母亲皱着眉头，"已经说不信他了！管不了！不晓得说了他多少次，他哪一次听了？家里的橘子、苹果、香蕉，全是他吃完的。他还说他血糖低，医生让他补充糖分。你说，他自家不管住自己的嘴，叫我们旁人么样说的？"父亲，此刻就像是一个耍无赖的小孩。

母亲打这次电话的起因是因为前几天父亲在村里打牌。南方的冬天，屋里比屋外冷，但是父亲依然坐在别人家里打牌，打了一上午，中午跑回来，从碗柜里找了点冷饭随便吃吃，下午又跑出去，继续打到晚上。母亲一路找过去，跟父亲说："多冷天，你也打得下去！你本身是个病人，还这么作践自家身体，你要是病发起来，不又是害我！"父亲没理她，母亲继续说了几句，父亲突然拍桌子，低吼道："我病就病了，要你管！"这一拍下去，不仅母亲，大家都吓了一跳。父亲脸色发白，全身发抖，给人的感觉是气急了的样子。母亲没多说什么，转身离开。

到了晚上，父亲回来说他不舒服，还说自己在路上吐了血。母亲带他去卫生所检查，医生检查了一下，说没什么大碍，就是要多保暖不要着凉。父亲回来又说胃不舒服，夹菜时手指没有力气。母亲气恨地说："你现在知道难受了？你白天干么子去咯？"父亲没有说话。第二天，他要去理发。母亲说："天这么冷，理完发风一吹要感冒的。"父亲不肯听，一定要去理，理完发，也没等头发干，又去打牌了，结果吹风着了凉，又去医院打吊针。感冒还没好利索，又要洗澡，说身上难受，那时候我哥哥也回来了，大家一起劝他等好了再洗，天这么冷，会加重病情。他一定要洗，谁劝都不听。澡是洗了，结果晚上发了高烧……

母亲在电话里说起这些事情，连连叹气，"我现在说不动他了，说什么，他都不听。你一说多了，他就生气发怒，全身发抖。一旦顺了他的心意，身体又不舒服了，还是要你来伺候他。他现在变得太奇怪了。"我问了一句："他过去不是这样的吗？"母亲说："过去还是有商有量的，不像现在这么固执。"我忽然想起小时候睡在他们中间，没到清晨，天微微亮，父亲和母亲就开始细声细语地说话，那时候觉得很烦，影响我睡觉。现在想来，家里的大小事务，就是他们在那个时刻商量出来的吧。

母亲又说起养老保险的事情。有一次她听别的婶娘说，过了一定年纪，就可以凭证件去村里领养老金了。母亲说："我从来没有听说这样的事情。"婶娘："我每个月都去领的。"母亲回到家，找到了证件，到了日子后，去村里问。工作人员一查看信息,说:"你的那份已经领过了。"母亲疑惑地说:"我没有领过啊。"工作人员说:"那就应该是你屋里的人领了。"母亲回来后问父亲,父亲说是他领的。母亲听罢,特别生气,"你凭么子拿我的证儿去领钱?你领了钱还不告诉我?!"父亲说:"有么子好说的,不都是自家屋里的钱。"母亲越发生气,"你拿了钱就想去打牌!以后我面前的是我面前,你不能拿我的这一份。"父亲没有理她,出门去了。母亲坐在家里,越想越气。

母亲嫁过来后,就知道父亲爱玩。他不爱在家里待着,一得空,就喜欢往别人家去打牌。母亲有时候找过去,他躲在门背后,任母亲怎么叫他,都不答应。有一次,母亲在地里捡完棉花,上了田埂,没有看到父亲的踪影,车子也不见了。母亲拖着两袋沉重的棉花回来,到了家后,崩溃大哭。婶娘们都过来看是怎么回事,而我站在旁边,不知道怎么办才好。母亲跟婶娘哭着说:"这日子我过不下去了。我实在是受够了。"有个婶娘说,"我看到他在建华屋里打牌。"说着,让我赶紧去建华家找我父亲。

沿着垸里的泥路走,我心里很害怕。天黑透了,家家都在吃饭。而我不知道母亲说的"过不下去了"究竟意味着什么,难道我的家就要这样散了吗?我不敢想。到了建华家,父亲在打扑克,声音喊得特别大。我叫他,他没听见,我再叫他,他看我一眼,"你么子来了?"我说:"我妈哭咯。"他讶异了一下,"出么事情了？"我上前拉他，"你快回去看，莫打牌咯！"父亲说："我把这盘打完。"我在边上等着他。整个屋子里烟雾缭绕，非常呛人。我忍耐着站在那里，他没有看我一眼，牌啪啪地拍在桌子上，手边压着一摞小钱。他牌倒一直打得不是很大。

好容易打完了一盘，又开始洗牌，我真着急了，"快点儿回去！"他的牌搭子说："你要不回去看一下？"父亲顿了一下，起身，"要得，我回去了。"我立马冲出门，往后看，他慢腾腾地在后面走，我喊他："你快点！"我很担心母亲已经离家出走了。父亲说："催么子！"好容易到了家，母亲依旧坐在堂屋里，婶娘们都走了。我永远记得她一个人坐在那里的样子，低着头，双手撑着竹床的边沿，没有哭泣，也没有大吼大叫，更没有抬头看父亲一眼。父亲也没有说话，倒热水洗脚洗脸。母亲起身去房间里睡觉了，父亲去开门时，门已经锁上了，只得跟我挤一张床。

有时候凌晨两三点，我会听到父亲在敲我房间的窗户，"庆儿！庆儿！"我睁开眼睛，很不愿意起床。我知道母亲故意把大门锁上，不让他进门。我站在母亲这一边，对他常常彻夜不归的行径很是愤慨，因而我拖延了很久，才十分不情愿地答应。毕竟，他是我的父亲。我不敢得罪他。打开大门后，他进来，脚也不洗了，往我床上一钻，带着臭气的脚冰冷地贴在我身上。我一再躲开，他也没有注意到。

4

大年初二，表弟过来拜年，母亲端来小点心招待他。问起姑姑和姑父相处得如何，表弟摇摇头苦笑，"还能么样？这么多年的恩恩怨怨，都解不开咯。"母亲点头说道："老夫老妻，都是如此。我记得你妈刚嫁过去，又哭着跑回来。她说你爸一天到黑只晓得打牌，都不落屋。你妈让你细舅（我父亲）去劝你爸。我当时就跟你妈说，这是不可能的。你细舅跟你爸不晓得玩得几好，每回你爸到我们这里来，你细舅就带他一起去打牌。你看，这个么样说的。你妈没得办法，又哭着回去了。"

虽然都是打牌，姑父跟父亲还不同。姑父非常聪明，是块做生意的料，但在当时那个环境下，没有做生意的条件，他又不愿意种地，每天流连于各个牌局之间。打的牌也特别大，有时候钱输光了，他会偷着把姑姑辛辛苦苦从地里拣回来的棉花都给抵押出去。姑姑为打牌的事情，不知道跟姑父吵了多少架。有一回姑姑发狠了，等姑父从牌局上回家，大放鞭炮，挨家挨户送喜糖，说姑父这个人终于回家了。而我父亲其实并不聪明，打的牌都很小，他没有姑父那种大开大合的性格，也不敢做出把家里的东西抵押出去这样过分的事情。毕竟，他还是顾家的，这方面他比姑父好很多。

他也尝试做生意，跟人去江西那边收棉花。有一次，车子沿着盘山公路往下开，他靠着座位睡觉，忽然间天旋地转，车子侧翻了出去，从悬崖边滚下，幸亏有树挡住，保住一车人的性命。他每回说起这事，都会拍拍心口跟我说："我差点见不到你们了。"收棉花没有赚到钱，他又去修路的工地上打工，还去江边的沙场挖沙。我记得高考后拿到通知书，跟母亲去江边的沙场看他。远远地，他打着赤膊，坐在船上打瞌睡。这是我第一次亲眼看到父亲打工的模样。灰白混浊的长江水沿着船边流淌，阳光暴晒，黑瘦的父亲耷拉着脑袋坐在那里。我心里涌起一阵疼痛感，觉得因为自己的存在，让他坐在这里受苦。

种地从来不会有多少收获，无论是丰年，还是灾年，无论是种五亩地，还是十五亩地，一年最终所得几乎不够投入，只能靠不断地打工。父亲年龄太大，又没有文化，出去打工人家都不要，只能在家附近找事情做。这方面母亲说他从来都是肯下力气的，他尽职尽责地撑起这个家，供我和我哥念完了书，这点他自己也是自豪的。但是回到家庭中，那些琐细的事情，他是不耐烦的。母亲说他在家里简直是一刻都坐不住，时时刻刻都想跑出去。他不用洗衣服、做饭、洗碗、带孙子，这些细碎的活儿太耗费人的心力，又没有成就感，自然都推给母亲。孩童的玩耍，是透明的愉悦，其间没有任何琐事的干扰，这样才能玩得尽兴。

我很好奇父亲那一辈，他们的伴侣在潜意识里处于什么位置？一方面，他们觉得自己是一家之主，是绝对的家庭核心；一方面，他们也许是轻视另外一半的，觉得女人做做家务带带孩子，没什么大不了的，也是她们应该做好的本分，但同时又依赖她们，离开她们日子就过不下去。

大年初三晚上，我们吃完饭，父亲突然感慨道："我这辈子最大的成就就是盖了这栋房子。"他手往屋子的四周扫了一下，"你看，从打地基到封顶，这些事都是我搞定的，不需要你妈动一下手。"

母亲当时坐在边上，特别生气，"我没有参与吗？你为么子睁眼说瞎话?! 拌水泥不是我拌的，切瓷砖不是我切的？砖不是我提上楼的？"

父亲说："当然盖房子你也是有贡献的。"

母亲声音大了起来，"么子叫作有贡献？衣裳是你洗的？饭是你煮的？孙子是你带的？"

父亲插嘴道："我天天接送孙子上下学。"

母亲说："是啊，你接送上下学。有一次，孩子们在校门口等半天，没有等到你来。你说你去哪里了？"父亲没有说话，母亲接着说，"你不就是去打牌，忘了时间？要不是大孙子聪明，晓得在教室里待着，要是像调皮一点的伢儿，跑出去丢了么办？"

父亲小声抗议，"我不是也接回来了……"

母亲冷笑了一下，"是接回来，亲家母都赶过来跟我说，你玩心太重，要是把伢儿丢了，全家人都原谅不了你。再说你接回来之后，有管么？还不是我给他们洗澡，管他们做作业？你做了么子，袖着手就跑出去了。还说我也是有贡献，说出来不怕亏心！"

我出来圆场，"不要再说这些了。这个家，少不了我爸，也少不了我妈。每个人发挥的贡献不一样。盖房子，也是你们两个人共同的成果。"

父亲撇过头没说话，母亲还在生气，"你爸，就是这样，看不到别人的付出。"

我们沉默了半晌，母亲一直在说话。她说起以前跟父亲去卖麦草，走了几十公里路，我那时候还小，被放在麦草堆上睡觉。等到卖完，已经是晚上了，母亲拖着板车，父亲带着我坐在车上。

"你看哪个男人会让女人拖车？"母亲问我，又指了指我父亲，"我回来后，累得要死，还要做饭、洗衣裳，他没事人一样去玩了。这些事情说起来心里起火。"

父亲脸绷了半天，突然说："你这是瞎扯！我为么子不记得？"

母亲说："你记得个么事？你心都不在这个方面。"

母亲又继续说其他的事情，很多很多年以前的，也有最近的。我默默地看她一边说话一边手在比画，她陷入到一种情绪中，在此刻都发泄了出来，一桩一桩，一件一件，母亲都记在心里，多年来无法诉说，渐渐怄成了散不去的怨气。

5

过年的那几天,我每次都起得很早,但无论多早,母亲都先于我起床。她在厨房里做饭,我还是像往年那样陪着她。到了八点多,哥哥一家还没起床,催了几次,也没人下来,父亲也不知道去哪里晃荡了。菜放在桌子上,热气一点点散掉。我很生气,说:"不等他们了,我们先吃。"母亲说:"你先吃。他们下来后,我再热一遍。"我说:"为么子要等他们呢?他们自己不会弄吗?天天就靠你一个人忙来忙去。"母亲说:"习惯了。"

我饿得不行,先盛了饭,就着一个菜吃了起来。母亲又端来另外一盘菜,"这个菜留点儿,他们也要吃的。"顿了一下,母亲又说,"管么子要考虑别人,晓得啵?莫像你爸那样,要晓得心疼人。""心疼人"这三个字,一下子击中了我。我回头看母亲,她又转身去厨房忙活。我想这三个字,是母亲最缺失的部分吧。我们总说母亲是一个不见老的人,这么多年一直都是这个模样,没有变得更老,也没生什么大病,天天忙碌,一刻不得闲。可是,她作为一个个体的人,我们都真的心疼过她吗?

只要我跟父亲在一起,没有人说我们不像的。我就是年轻版的父亲,母亲说我连性情其实都跟父亲很像。她老说:"莫像你爸那样说话不过脑子。"父亲不会掩饰自己的情绪,他天真幼稚,还有点懦弱,同时又冲动敏感,我常觉得如果当年他有条件读书，很有可能会去写作。反观我自己，的确处处能看见来自父亲方面的遗传。这种性情的，都是小孩子一般，本性良善，却很自我，又很难体察到别人的情绪。而母亲是一个深沉内敛、疑虑多思的人，一件事会在心里反复揣摩，各个方面都要顾及，生怕得罪人。这两种性格的人生活在一起，当然有互补的一面，可是也很难完全融洽地交流。

　　当年我们还小，他们两个人都在为了我们而四处奔波劳累。现在我们都长大了，该有事业的有事业，该成家的成家，时间和空间一下子空了出来，父亲和母亲之间的裂痕也逐渐呈现了出来。我相信早在搬进新屋之前，母亲就想过要有自己的房间。到了新屋后，她终于得偿所愿。我不知道父亲是怎么看这个事情的，或许他根本不在意。以前他还会小声咕哝道："你妈老是管着我。"现在母亲已经完全放弃管他了，他会不会感觉到自由？或者说失落？父亲吃苹果吃香蕉喝可乐，母亲已经不再说他，看到了也只是眉头一皱。这些年来，她说破了嘴，父亲也没有改变分毫，那种绝望感已经如铜墙铁壁。

　　我想起我的外婆和外公。母亲常说她跟我父亲的婚姻，完全是外婆外公的翻版。到了晚年，外婆和外公也是分床睡，两人也说不上什么话。吃饭时，外公说了一些话，外婆会不耐烦地说："不要瞎说！事情么会这样？你说话过过脑子行不行？"外公会争执道："你想得太复杂了，事情本来就很简单。"外婆回：

"都是亲戚家，你这样说会不会得罪人家？你考虑过那房头的矛盾？你就想当然说，也不考虑实际情况！"在父母亲之间，有着同样的对话。父亲觉得母亲想得太过复杂，母亲嫌父亲考虑得太简单，几十年来，拉拉扯扯，谁也没有什么变化。

有时候我在想，如果有一天母亲突然不在了，父亲该怎么办？我们这些做晚辈的，照顾他是完全没问题，可是谁也取代不了母亲的位置，不是吗？我跟外婆很亲，她去世时，我曾号啕大哭。外婆不在后，我很少去她家，因为实在太难过了。偶尔去，外公一个人木呆呆地坐在堂屋，袖着手，叫他，他半天才反应过来。大舅一家照顾他的日常，每天也会来给他送饭吃，他有时候吃，有时候不吃，完全没有外婆在时的那个精气神。第二年，外公就去世了。外婆那种不断抱怨却精心照料的日子，如水流一般，让外公得以像鱼儿一样遨游其中。一旦外婆离去，他就是干涸河床上的鱼，虽然有晚辈拎上几桶水来抢救，也无济于事。父亲会不会有同样的境遇？我不敢想。

那如果是父亲不在了，母亲会怎么样？我不太担心这个问题，我相信母亲会为失去父亲而难过，但不会像失去主心骨一般，因为她自己就是家里的主心骨。家里生活的方方面面，都是她打理出来的。父亲离去，她依旧会沿着过去的轨迹往前滑行。有一天大侄子和小侄子吃完早饭，围着母亲打转，一个要这个，一个要那个，母亲说这个骂那个，不一会儿，侄子们就跑上楼玩游戏去了。我说："大侄子都快变成少年了，嗓音开始变粗，也有小胡须了。"母亲说："是啊，他们长大了，再过几年就不会再需要我了。"我听完这句，心里一阵心疼。等侄子们都离开后，母亲该怎么面对新的生活呢？家里慢慢不需要她那么操心了。

母亲有自己的生活吗？她生活的全部精力都投放到这个家里，如果有一天大家都不再需要这份操心，她该怎么办？她怎么打发这漫长的时间？这很可能是个伪问题，也不是一天之间的改变。日子一点点地流逝，母亲也会一点点地随着生活的改变，走出她自己的路来。母亲不会跳广场舞，不认识字，几乎没有什么娱乐活动可言。有一段时间，她喜欢上了打牌，忽然有一天她觉得打牌是不好的，就再也没有打过。忙完了，她就坐在电视机前看电视，看着侄子们写作业。下雨天，偶尔有婶娘们过来聊聊天。她的生活，就是这样平平静静地流淌。

6

大年三十晚上，我们在三楼哥哥家的客厅看央视的春节晚会，九点左右电视信号突然没有了，我便回到二楼自己的卧室，躺在床上打算看书。过了一小会儿，父亲和母亲也到我卧室里来，分坐在我左右。他们都关心地问我工作和生活如何，我详细地跟他们讲我生活得很好，不用为我担心，家里有什么事情我都能承担。他们点点头，说："那就好。你生活得好，我们做父母的就不用担心了。"我看着他们，那一刻他们是一体的，不分彼此，都把关爱投给我。

年复一年，我在外地，他们在老家。虽然电话中，父亲说起收成不好、欠债未还之类的坏消息，母亲埋怨父亲越来越固执、越来越作践自己的身体，但我都是置身事外，清清爽爽地生活在自己的小世界里。烦闷和憋屈，于他们是切身的，于我却是旁观。我常跟父亲说这些都没事的，别担心，我这边会支援的；我也常劝解母亲，不要陷入情绪中出不来，抽身出来看看每个人是怎么想的，不要活得那么心累……我努力做他们之间的调和剂，虽然他们的人生格局已定。

在家的短短几天又要过去了，我收拾行李再次准备离开。最后一天的晚餐吃完，大家都没走。父亲、母亲、哥哥，还有我，坐在一起。谈起侄子们读书的事情，大侄子马上就要上初中了，需要在市区有人专门照顾。哥哥说他打算在市区买套房子，父母都搬过去住，照顾侄子们的饮食起居。母亲的神情有点儿错愕，但很快镇定下来，一只手搓着另外一只手，"那这个新屋么办？"哥哥说："就这么放着呗。"

我也错愕，哥哥在安排这些事宜时，为何不问问父母是怎么想的？他们愿意搬到市区吗？他们在这个垸里生活了一辈子，突然把他们塞到陌生的市区，所到之处都是陌生人，他们会适应吗？母亲没有说话，感觉她内心百味杂陈；父亲也没有说话，脸看着门外。但如果那一天到来，我知道父母还是会搬过去的。为了孙子们，他们愿意牺牲自己。可此时我自私地想到我自己：那我呢？当我从外地回来，屋子里已经空无一人，只能寄宿在哥哥买的房子里，跟父母相处几天。可那不是我的家，不是吗？我的家就在这里，这里的桌子、椅子、蛇皮袋、碗筷、床单、棉被、竹篙……如果没有父母在，这些都毫无意义。

　　沉默了半晌后，母亲说起种地赔偿金的事情，又一次说起父亲的不靠谱。父亲气愤地抗议道："哪里有你想得这么复杂？！事情明明是这样的……"母亲越说越气，"你就是头脑太简单！"我跟哥哥默默听着他们为了这件事扯来扯去，最后我都给绕糊涂了——他们之间的事情，我常常是糊涂的。门外有人放起了烟火，一朵一朵，在黑沉沉的夜里绽开。侄子们跑下楼来，也要放烟火，哥哥起身带了他们去外面。父母的争执停歇了，我们静静看着侄子们手中的烟火"咻"地一下射向天空。母亲忽然转头跟我说："明天路上注意点儿。"父亲随即说："是的，一定要小心。"我说："晓得晓得。我都这么大了，会自家照顾自家的。"母亲点点头，"这个我跟你爸晓得。"说完起身往后厢房走去，"累咯，我先困醒了。"父亲也起身，往前厢房走，"我去看电视。"只剩下我一个人坐在堂屋。明天此刻，我已经在北京了。

寄宿

我又一次看到姨娘了。每年一次，在大年初二，我去她家拜年的时候。今年也一样。她的模样没有什么变化，胖圆的脸庞，花白的短发，穿着羽绒服从厨房走到外面的走廊上。我叫了她一声，她抬头笑笑，"来了。"嗯，来了。没有多余的话。没有久别重逢后的热情，也没有嘘寒问暖的言语，一切都是平平淡淡的，我照旧去了厢房，电视如往年一样在重播春节晚会，姨爷坐在沙发上，我打过招呼后，也坐在沙发上，寒暄了几句，各自沉默。姨娘偶尔进来，端着果盒递过来，"吃瓜子。"嗯，吃瓜子。也没有多余的话。她又转身去厨房做饭去了。几十年来，年复一年，都是如此。然而，我依旧每年都坚持来坐坐，哪怕只有一个小时。

　　电视看了一会儿，我出来站在门口的稻场上，门前抽干的池塘，远处浸润在薄雾之中的树林和菜园，再远处的长江大堤，都没有任何改变；再往左边看去，隔着池塘，一排房屋中间外婆曾经住过的家，而今已经无人居住了……这些构成了我少年时光的场景，没有变化，只是我已经从中剥离了出来。这一切肇始于十二岁的那一天，我念完了小学，马上就要进入乡村中学读书。姨娘骑自行车到我家来，跟我母亲说："让庆儿住到我家好了。反正我屋里也有两个上初中的。你就放心去种地。"母亲看我一眼，我没有说话。

我们这里称母亲的姐妹叫姨娘。姨娘是我母亲的妹妹，更小的时候，母亲经常带我去她家做客。她家三个女儿一个儿子，十分热闹。而我家，虽然有哥哥，但大我太多，早就出去上学了，所以基本上只有我一个孩子。热闹是他们家的，我融不进去，只是跟母亲干坐在椅子上。姨娘也没有多跟我说什么。那时候她婆婆（按照我们这边的叫法，我该叫她亲家娘）操持整个家务，姨娘没有什么说话的权利。这些零碎的印象中，姨娘对我来说是模糊疏远的，忽然让我去她家住，我一时间不知如何接受。

十二岁对我来说，只是之前生活的延续。九岁时，母亲跟着父亲去长江对岸的江西种地，我因为要读书，不能跟过去。奶奶早就去世了，虽然有爷爷，也七八十岁，照顾自己都照顾不来，更别说照顾我，我基本上是一个人在家。母亲每回跟父亲走之前，都会托付周遭的邻居，让他们帮忙照应一下。他们种地是在江西那边种两周，然后回家种两周，两边跑动，我就成了间歇性留守儿童。他们不在的日子里，我自己做饭、洗衣服，一个人睡在房间里，虽然很怕很怕，有老鼠，也有莫名的恐惧，可是没有办法。

从九岁到十二岁，我就是这样自顾自地长大。有一次打雷，感觉天上地下都是响声。老鼠在床底下跑动，我吓得在被子里缩成一团。早上，被子忽然被揭开，一看是姨娘站在那里。她看着我，问："你一个人怕？"我没有说话。我要赶着去上学，她也就走了。我那时候不明白她为什么会过来，多年后回想起来，她是不是在那一刻决定让我去她家住的？那次姨娘来谈过之后，母亲跟父亲商量了一下，决定让我去姨娘家寄宿。父亲准备好了我们家的钥匙，母亲用红绳子拴上递给我。父亲忽然对母亲说："庆儿以后回来，要是看到门锁着，会不会哭起来。"我绷着脸说："我才不会！"

父亲把我的棉被和衣服送去姨娘家后，就跟母亲返回江西去了。姨娘安排我跟二表姐一个房间。他们家人多，房间不够，大家都是凑合着住。我能感觉到那种微妙的排斥感——姨娘当然没有，姨爷是个内向的人，也看不出他的态度，但跟差不多年龄的三个表姐和一个表弟在一起，是有那种气氛的。大家坐在一起吃饭，大表姐会捂着耳朵说："吃个饭这么大的声音，吵死了。"我不知道是说我，依旧在吃，忽然间感觉他们都在看我，我才意识到，顿时不知道如何是好，姨娘此时跟大表姐说："好好吃饭，不要说话。"大家又沉默地吃饭。

最大的矛盾是跟二表姐，我们是同一年出生，她比我大几个月而已。我们睡在同一个房间，她跟妹妹睡一张床，我睡另外一张床。晚上她们唱歌，我也唱歌。她会很生气地质问我："你干吗要唱？"我说："我为什么不能唱?!"早上起来，大家忙着刷牙，我找不到水杯，趁人不注意，用嘴贴着水缸吸了一口，恰好被二表姐看见。她立马去告诉姨娘，姨娘问我是不是有这回事，我忙否认。姨娘就说了二表姐一顿。吃饭时，我看到她低着头掉眼泪。那一刻我知道，她讨厌我，恨我。她会跟她的姐姐和妹妹，还有弟弟，一起讨厌我。而我不知道怎么办才好。

入住姨娘家一周后，父亲忽然回来，告知我外婆去世的消息。外婆家就在姨娘家的对面，隔着两片池塘。她一直照顾着小舅舅一家。九岁后，父母不在家时，我时常沿着田间小路绕到她家去吃饭睡觉。她给予了我缺失的爱，给我洗脸、洗澡，但是她要照应的人太多了，又快八十岁，所以没办法照顾我。我从中学走到外婆家的路上，一路都在哭。我从来没有这么哭过，我知道爱我的一个人，永永远远地离开我了。母亲也回来了，她哭得昏迷过去，见到我后，又一次哭起来。外婆下葬后，她又一次跟父亲离开了。她没有办法，我也能理解。可就是理解了，也有怨恨。我最期盼的一家团圆，都得不到。我一个人扛过三年，现在又被塞到了陌生人的家里。虽然这是我姨娘家，虽然姨娘对我很好，可是有些事情是替代不了的。

母亲有一次提起亲家娘，说我被姨娘接到家里住，亲家娘其实很不高兴，但我完全没有感受到。我这才觉出当初姨娘要把我带到家时，顶住了多大的压力。那时我完全不知道。我只记得入住的第一天，姨娘就来批评我。她拿着我的本子问："你看这本子，你订那么多订书钉干什么？"我一看本子，被我订了一排钉子，她接着说："本子头上尾上中间，订三个就行咯。你这样太浪费了！"我吓得不知道说什么好——原来这也是错误。

我一个人生活久了，家里什么东西都是我的。到了这边，开始感受到了界限。因为家里孩子多，一切都要公平，一块月饼要切成平均的几份，每一份都不能比另外一份多一点，否则分到的人就会不高兴。分苹果也是，分梨子也是，姨娘居其中，做绝对公正的裁判，不对谁多偏爱一分。我不知道这仲裁者会如何劳心劳力。当时我体会不到。我只看着她跟着姨爷每天要喂几十头猪，回来要处理家事，洗衣服、做饭、打扫卫生，还要种点儿地，又要忍受跟亲家娘住在一起的不舒服。这些都是事后很多年我才回想起来的。

我那时在中学的成绩不好不坏，所以没有老师留意我。唯独有一次，我跟姨娘说起老师把我放在最后一排坐着，我眼睛不好，看不见黑板。姨娘跑去跟我班主任说这件事，班主任把我调到了中间。我为此难过了很久，觉得那时候自己才在老师的眼里有一点存在感。而在姨娘家，表姐、表妹、表弟的成绩都非常优异，相比之下我更像是一只丑小鸭。放假时，大表姐拿着书站在走廊上，让二表姐背单词。二表姐流利地背诵着英文单词，这让我非常羡慕。我更羡慕的是他们姐妹之间的情谊。他们一起玩耍、一起做功课，结成一个融洽的小团队，根本不会有我的位置。没有人在意我的成绩，不管好还是不好，父母只要我平安就可以了；也没有人对我说你要好好努力，考上好学校，未来有个好工作，都不会有的。表弟常常是年级第一，人家路过姨娘家门口提起这件事，姨娘又自豪又故作不屑地说："又没考一百分，不算什么。"这些都不会发生在我身上。我像是条暗淡的影子，拖在他们身后。

我常想吃肉。姨娘花了一上午炖好肉，放在桌上。我们只匆匆吃了几口，就要往中学跑去了。中学的午饭时间只有一个小时，回来吃饭是一件特别赶的事情。因而，那盘肉，被我们抛弃在桌子上，由着姨娘收起来。亲家娘逐渐老去，变糊涂了，姨娘接过了所有的家务事。加上我，五个孩子，有上中学的，有上小学的，各自放学时间不同，各自又有不同的需求，都需要姨娘细致地满足和呼应。她走路快，说话也快，从这头忙到那头，从那头奔到这头，永不停歇。

大雨倾盆，我们在家里吃完饭，没法去学校。每个人都在找伞，可是找来的都是坏的。每个人都在抱怨，姨娘此时拿着破伞去了楼上。过了一会儿，我上楼去拿书，上到一半，发现楼上的门是锁着的，才要叫姨娘，忽然听到门里传来姨娘号啕大哭的声音。我不敢动，定在那里。那一刻，我太诧异了。姨娘给我的印象一直是说一不二、雷厉风行的人，每件事都等着她处理。此刻，她却哭得如此压抑痛楚，我第一次窥见她的内心。外面的雨还很大，风吹着雨点拍打在窗户上。我默默下了楼，姨娘拿着补好的伞下来，递给每一个人，像是什么事情都没有发生似的。

姨娘总说我母亲是"死做"，苦在江西那十几亩的地里，哪怕结石疼得直打滚，还是下地去锄草。她怜惜我母亲，期望能减轻母亲的负担——我就是那负担。母亲说起有一年冬天回家，看到我穿着拖鞋去上课，连棉鞋都没有，内疚得哭起来。我丝毫不记得这样的事情了，只记得每天盼着母亲回来，她一回来，家就是家了。她去赶轮船，挑着一蛇皮袋的东西，不敢回头看我。我也不敢看她。我们连肉都吃不起，但姨娘经常会做肉菜。种地一年下来，也没有多少收入，还是姨娘帮着贴补。

母亲在姨娘看来就是"太本分、太老实"。而姨娘从小就活泼好动，体育特别好，像是假小子一般。嫁给姨爷后，生了这么多孩子，依旧跟一般的家庭主妇不同，她跟姨爷养猪，也会想办法投资一些。这个孩子多的家庭，一个孩子都不能落下，都要读书，现在想想这是多难的一件事情。她要做。哪怕农村大部分女孩都只读了初中就不读了，她却让表姐们上了大学，儿子也上了大学，还都是重点大学。她做到了。

回到我寄宿的那段时光。只要放假，姨娘就带着我们去长江大堤下面的暗荡去捉鱼，那是少有的快乐时光。大家在防护林里奔跑，带着渔网，提着鱼篓，高高兴兴地说话。芦苇随风摇摆，灰暗的长江水静默地流淌。长江对岸，我的父亲和母亲正在丘陵上锄草。而我在此刻，跟他们也是隔阂的。我不太会捕鱼，笨手笨脚，只好待在一旁看。那时候姨娘又恢复到她未出嫁时的神勇，那一刻她是放松的吧。有时候我在想，她愿意生那么多孩子吗？会不会是因为农村的习俗如此，她才要多出这么多的负担？我从来没有问过她。不过，现在孩子们都大了，他们还一起打麻将、论输赢，坐在稻场上的阳光里。我也不会这些，默默在旁边看着。但我喜欢这种热闹融洽的气氛，这一切都是姨娘打造出来的，虽然我始终是疏远的。

直到那一天我听到她的哭声，才第一次感觉自己跟姨娘很近。我不知道姨娘的儿女们有没有听到哭声。他们在楼下，没有上来。那一刹那，我很想进去安慰她。可是我能安慰她什么呢？我无能为力。她没有办法脱离这个家庭的网，每个人都向她索取爱和关注。她不能偏袒哪一个。可是，既然是爱，尤其是孩子对于母亲的爱，是不是都有独占的性质？既然不能占有全部的爱，是不是每个人都在内心里渴盼得到最大的那一份？

多年后，我跟二表姐成为非常好的朋友。她说起那时候母亲的严厉和疏离，以及她得不到足够关注的缺憾，我想其他几位是不是也有这种感觉？这份母爱，分配到每一个人头上，在子女们看来都不是足够的。更何况，我还是个外人。虽然姨娘对我的关照，跟她的儿女们是一样的。但因为是外来的，便得以从旁观者的角度看她。她要强，从来不屈服，有时候会显得狠。可如果不是如此要强，这个家怎么撑得下去？虽然她没有跟我多说几句话，我却很疼惜她。

到了初一期末考试前夕，我精神焦虑。学校六点半开始早自习，我们这些住家的，都得准时到达教室，如果迟到了，就要在教室外面罚站。我连续两次睡过头，在冬天的冷风中，手肿得跟萝卜似的。到了第三天，天还是黑的，我猛地爬起来，也不知道是几点，反正感觉自己要迟到了。我爬起来洗漱，又趁着夜色往学校赶。到了校门口，铁门是锁着的，我敲门，看门人恼火地爬起床走过来，"才四点半，你跑过来干什么？"我忙说不好意思，又转回去。到了姨娘家，二表姐端着刷牙缸，很不高兴地从我面前走过，姨娘他们都醒了。

吃早餐时，姨娘说："你这么折腾，全家人要疯的。"我没敢说话。到了晚上下晚自习，姨娘把钟搁到我床头，"现在有钟，你不要又像上次一样。"睡觉了，钟声嘀嗒嘀嗒，我辗转反侧睡不好，到了四点多，又醒了过来，这次不敢起身，一直等到六点才起床。到了吃午饭时，姨娘说："你下学期住校吧。"我说"嗯"，低头扒饭。大家都没有说话，而耻辱感一点点涨满我的内心。我恨不得放下碗筷，立马逃走。可是我不敢，我还是吃完饭赶去上课了。

那算不算驱逐，算不算嫌弃？我不敢想，我想起偷眼看姨娘，她一副"真的是累透了"的神情。我对她有没有一丝一毫的怨恨？没有，从那时候到现在一点儿都没有，反而是一种抱歉。我很抱歉给她添了那么多的麻烦，也很抱歉无法融入整个家庭。我能感受到她的烦躁和疲惫。那学期结束后，姨爷把我这一年的花销算清楚告诉父亲。父亲把钱给了姨爷后，又把我睡的棉被和衣服带回家，等开学后，又送到了男生宿舍。我在姨娘家的寄宿时光，到此结束了。

我时不时回想起在姨娘家的那些片段，表妹和表弟在桌子上写作业，姨娘坐在饭桌前给大家讲邻里的琐事，厨房边上母猪在哼哼叫……这些都是我希望在自己家里得到的，那里都有，唯独隔了一层特别透明的玻璃，我能看得清清楚楚，可是走不进去。我知道姨娘很用心地让我参与进来，而我笨拙敏感，脱离在外，无能为力。我曾经奢望她也能给我一点压力，比如说你成绩也要搞好啊，要用心念书啊，都没有，她希望我没有压力，好好生活就够了，这也算是对我母亲的交代。

读完初中，再读高中，然后再读大学，一直都是住校，直到大学毕业后自己租房住。这些年，我在家里住得很少，更没有理由在姨娘家住一晚，毕竟我们家隔得那么近。每一年回来，我都忍不住找各种借口去姨娘家坐坐，有时候借口带菜过去，有时候说是去借东西，有时候姨娘在，有时候大门紧闭。大学刚毕业时，身上没有钱，我借钱回家，家里也没有钱，母亲说："你去姨娘家拿钱。我跟她说了。"我骑车过去，坐在姨娘家的凳子上，无比难堪。我没有找到工作，身无分文，姨娘把一千块钱递给我时，没有说话。我也没有说话，拿了钱，匆匆忙忙跑走。那种没有出息的感觉，萦绕在心。

"吃饭了。"姨娘叫我。我转身返回堂屋，大表姐带着她爱人和两个孩子坐在长凳上，二表姐和表妹、表弟均已成家，不过由于各种原因，都没有回来。原来每一年桌子四方坐得满满当当的，而今都空着。姨娘没有再养猪了，她人生的任务已经全部完成，给自己也买好了商业养老保险，不需要儿女们操心。说起她每天的生活，就是这里玩玩那里玩玩，为了保持身体健康，还去长江大堤上跑步。她彻底松弛了下来，脸上再也没有那种火急火燎的焦灼神情了。

吃饭时，说起表弟博士毕业分配的事情，我说："还是表弟成绩好，相比之下，我从小到大成绩都好一般。"姨爷说："你也不容易，也出书了，是大器晚成。"我不知道接什么好，姨娘没有对此说什么。过一会儿，她忽然认真地说："也要考虑自己的终身大事了。"我说好，她不满意地说："光说好有什么用呢。不要让你老娘担心！"母亲，她的姐姐，始终是她最在乎的。我们又一次默默吃饭。离开时，姨娘拿了一堆水果过来。我说："不需要啦，家里有很多。"姨娘说："你家里是家里的，我的是我的。"说着，水果放在了我的电动车上。车子开动了，我说："姨娘，我走了。"姨娘挥挥手，"要得，你路上小心。"说着，转身进了屋。我心里默默说了一声：明年再见。

天边一星子

1

想起表弟灿，浮现出的第一个画面是：我们在吃一盘青椒炒豆豉。画面的背景是我家的灶屋。青椒一点儿都不辣，多肉，再配上豆豉的味道，简直是太好吃了！我们夹了一块又一块，不一会儿，盘子空了大半。灿还想夹起一块时，我忽然把盘子收了起来，"不能再吃咯，否则我妈回来吃么子？"灿讪讪地收起筷子，看我把菜收到碗柜里去。午饭是我们合力做的，我煮了一锅粥，炒了三盘菜，灿帮我烧火。等父母亲从地里回来的时间，我们就这样吃了起来。看灿意犹未尽的眼神，我说："下一次你来时，我再多炒一点儿，好啵？"他点头说好。

晚上，母亲安排我跟灿睡一张床，这本来也是自然而然的事情。在灿家里，我一直都是跟他睡的。我们洗好了澡，母亲铺好床单后，我们上了床。我说："晚上撒尿么办？"晚上黑漆漆的，出门方便总归有些怕。母亲又从后厢房拎来了尿桶，整个房间充满了尿骚味。顿时，我不太想在这间房睡了。母亲离开房间时，我跟着下了床，穿上鞋子，转身对灿说："你在这里睡哈，我换个床。"母亲瞪了我一眼，知道我又耍小性子，我不管。表弟十分吃惊，连连摇头。我装作没看见，抱起自己的被子就出去了。

多年后，他讪讪的神情和摇头的动作，一直在我脑海中挥之不去。那天晚上，他是怀着什么样的心情一个人睡在那里的，我无从得知。我想如今他恐怕早就忘了这件事情，而我之所以不能忘怀，是不是因为始终梗在内心的那份愧疚？他有着清秀的脸庞，像极了我的小舅（也就是他的父亲），眉毛弯弯，眼睛乌亮，总是低头，啃自己的手指，像是在想什么心事似的。那一晚，他会想到什么呢？他怎么看我的？对我们以后的关系是不是有不可估量的影响？我不知道。我只知道，这是印象中他最后一次来我家。

而他的家，我经常去。从我们垸西头出去，沿着田埂，穿过废弃的水泥厂，绕过兽药厂高高的围墙，就到了他的垸。只要我到了他家门口，小舅母也好，外婆也好，外公也好，都会习惯性地冲屋里喊一声，"灿，庆儿来咯！"很快，他会从自己的房间里出来，穿过阴暗的堂屋，走到我面前，笑吟吟地说："你来得正好，我有个题要考考你。"我们常玩的游戏就是互相给对方出考题，比如说历史题和地理题。他家有一本厚厚的《上下五千年》，我们都完整地看完了。这本书也成了我们的题库。李白出生于哪一年？西安做过几个朝代的首都？京杭大运河是哪个朝代挖的？……历史方面经常是他赢，他过目不忘。而长江流经哪几个省份？中国最大的淡水湖是哪个？雷州半岛与海南岛之间的海峡叫什么？……地理方面，通常是我赢，我喜欢地理。

不仅是在知识面上较量，我们在各个方面都有较量。我们在屋后面的场地上打羽毛球，打得大汗淋漓，谁也不让着谁。风有时候吹过，球会被吹得偏离方向，我们会争辩这个球没有接到是因为风的缘故。如果他赢了我几个球，会说："你打得不行嘛。"我也不会气恼，只会淡淡地说："你无非就是想用激将法来刺激我而已。"他的把戏被我看穿也不恼，球依旧还是会打下去。毕竟，如果我不打球了，也就没有人跟他打了。我们之间形成了只有我们自己才会玩的游戏。有时候我来找他，他正跟他同垸的朋友打游戏，或是玩玻璃弹珠，我会涌起小小的忌妒心，觉得他背叛了我们的结盟。这其实是没有道理可言的，毕竟经常跟他玩的是他这些同垸的伙伴，而不是我。但他见到我，都会非常高兴，远远地跑过来，抛弃他的伙伴，来继续我们独有的游戏较量。

较量有输有赢，在较量中我一直处于下风的，便是学习成绩。那时我们小学毕业，进了同一所初中。我寄宿在跟他家仅隔两个池塘的姨娘家，时常过来找他玩。他可以说是我们家族的"明

星"，成绩之好，有目共睹：初一期末考试，全校第一。全校排
名的成绩单贴在学校的公示栏上，所有人都能看得见。小舅母
高兴地搂着他，让他再接再厉。我坐在一旁看，既羡慕又妒忌。
他推开小舅母，看起来并没有那么高兴。我不知道他为何闷闷
不乐，换着我早就乐翻天了。可不得不服气，同样的英语题，
我做时满眼都是不会，他唰唰唰地做完，感觉想都不用想，对
比答案，都是对的。数学题，对来我来说比登天还难，他也是
几笔下去，答案便解了出来。他做题时那份轻松和不以为然的
神情，还有拿起钢笔在纸上快速滑动的动作，都让我叹服。

　　因着成绩好，家里的大人都宠他。比如说吃完饭，外婆让
表妹明去洗碗，明很不高兴，说："为么子灿不去洗？"外婆说："人
家要学习。"明说："我也要学习。"外婆说："你成绩要是有灿好，
你就不用洗碗了。"明没有话说了。这个时候，灿通常是沉默地
坐在那里，不说一句话。我们私下嘲笑他是家里的少爷，十指
不沾阳春水。小舅母催促他多做题，不要看电视，不要看课外书，
继续保持全校第一的成绩，他会不耐烦地说："晓得晓得！"

　　我们通常在二楼看书做题，小舅母有时候会上来，跟他不
断念叨要用功，他沉默地不回应。小舅母兴致高涨时，会满怀
热情地抱他，他则抗拒地推开。有一次小舅母问我："庆儿，如
果灿在学校受到欺负，你会帮他吗？"这个问题问住了我，我
想了半晌后，回答道："看情况，如果是灿有理，我会帮他。"小

舅母说："不能这样想！他是你表弟，不管有没有理，你都要帮他。"尽管心里不同意她的看法，但还是说好。在我看来，我跟灿交好，不是基于我们是表兄弟，而是基于我们是好朋友。这是有很大区别的。因为我们的理念和爱好相同，我们才会这样好。因为血缘关系而毫无原则地站队，会玷污我们的友谊。

说来也好笑，有一次我来找他，外婆遗憾地说："哎哟，灿不在屋里。"我心里好失落，但还是硬着嘴说："我哪里是找他。"那时天气正热，骑车过来满头的汗，外婆让我洗把脸。我把毛巾敷在脸上，擦着擦着居然没有控制住，哭了起来，连自己都吃惊。我不好意思拿下毛巾，而外婆偏偏在边上看着我，我越发觉得难过。那样一个上午，外面的阳光，池塘边的洗衣声，树上的鸟鸣声，都混溶成一团怨恨的情绪：你为什么不在？为什么？虽然这也是毫无道理的。但我不管，因为我出了这么大的一个糗。

到了暑天时，我们躺在三楼的竹床上，看着天上的繁星。从江边来的晚风时有时无地吹拂过来。我们靠在一起，不断地说话说话说话，有时候为了一个课外的知识点，有时候为了一个字的用法，有时候为了一只鸟是什么颜色，话题不用刻意去找，它简直是源源不断地向外涌。外婆晾晒好的衣服在我们后头飘起，时有蝙蝠在头顶飞来飞去，偶尔谁家电视的声音传来。有时候夜里月光清朗，我们下楼在池塘边互相追逐打闹，看着各自的影子忽而长忽而短，也会较量来较量去。外婆站在楼顶，高声地喊我们的名字，催我们上来赶紧睡觉。天也不早了。

大家都知道我们相好，也鼓励这份好，并在嘴上说出来。我们反倒难为情起来，相互之间故意走得远一些。这份假装的疏远，大人们看不到。他们坐在那里说话，含着笑看着我们。有时候母亲说我个子渐渐抽高了，比灿长得快。我立马起身要跟灿比一下，他不肯，逃到外面去。这时候，大人们都在笑。而我觉得被大人戏弄了。因而大人在时，我们各玩各，他们一走开，我们迅速地黏到一起，说起只有我们知道的话题。大人们一出现时，我们又迅速地分开。

2

从什么时候开始，我们从假装分开变成真正分开的呢？没有一个确切的时间点，但有一个确切的画面：表姐的婚宴，大表哥让我们去大舅家拿餐盘。我们在大舅家找了半天，没有找到。我问灿，"你不是晓得？"他生气地回应道："我么晓得！"他站在门口背对我，他气闷，当然我也气闷。我们之间，连日常的对话都容易发生摩擦。我们是如此容易闹矛盾，大人让我们做一件事情，我们相互看不顺眼，他无论说什么话，我都生气。看到他低头沉思的神情，我也莫名地气不打一处来。想必他看我也是。大表哥奇怪地看我们两个，"你们做么事了？你们之前很好很好的啊。"

　　我们自己也吃惊：原本融洽无间，现在却渐生嫌隙。小学时，不在一个学校，偶尔的相聚总是快乐；到了初中，在一个学校了，初二时还被分到一个班级，每天朝夕相对，却越行越远。初中非常看重成绩，灿永远是班上的佼佼者，跟他一起玩的也是那些成绩好的。而我严重偏科，成绩一向都是中等，所以跟我玩的也是这个成绩段的。原本我们的较量是不分高下，他数学厉害，我语文不错，他脑子好，我记忆力也不差。可一旦放到同一个班级，只靠成绩一项来判定，他就成了当然的明星，在家里有人宠着，在学校也被老师百般看重。我算什么呢？家人无所谓我成绩好坏，老师也不会注意到我。灿正如他的名字一样是灿烂耀眼的，而我是他背后的一抹阴影。

　　我们初中的生源来自于附近几个村的小学，因而我们班既有我原来的小学同学，也有灿原来的小学同学。一开始，大家会找各自的小学同学玩，慢慢地有了一个班级的感觉后，大家就不再分是哪个学校来的了，逐渐按照成绩的好坏来找玩伴。有一天，我看到灿跟含坐在一起热火朝天地聊天，我恼火极了。含是我的小学同学，一直是我们班上成绩最好的学生，不知道为什么他总是看我不顺眼，有事没事总要欺负我一下。很倒霉，到了初中，我又和他分到一个班上。这也就算了，我远离他就好。

现在，我最好最好的朋友，居然跟这个人玩到一起去了，我有一种被背叛的感觉。我远远地看着他们，那一段时间他们好得不得了，灿甚至带他到自己的家里去。那个我们曾经一起度过童年时光的地方，现在被一个我最讨厌的人侵犯了。我生气。太生气了。

在那段相互不理睬的时间里，他坐在靠窗户的那边，我坐在教室的中间。大部分同学不知道我们是表兄弟，我们也没有在教室里一起说过话。我们各玩各的，连下课都是一个在这里，一个在那里。上课时，我却经常能感觉到他朝我这边看过来。我十分厌恶他这种偷偷扫过来的目光，像是被苍蝇叮了似的。回家我跟母亲抱怨，母亲不耐烦地说："你要是不看他，么晓得他看你?!"一下子把我问住了。我是不是也常看他，而不自知？我们隔着四排同学，相互观看，却不再交流。我们各自成了少年，独自长出了自己的棱角，只要碰到一起，就会相互刺伤，是这样吗?

也是在那一段时间，我们有了各自的心事。初一时，姨娘看我父母在家乡对面的江西种地太过辛苦，让我去她家寄宿。姨娘一家对我极好，只是因为不是自家，总不免有些生分，尤其是跟姨娘家与我差不多年纪的表姐妹们，相处起来总是疙疙瘩瘩，这些心绪我无法向别人说起，只能在自己的内心默默消化，或者写到本子上。我记得以前写心事，生怕别人看到，还特别把那一页粘起来，灿会趁我不在时偷偷用尺子把那一页弄开。他只要一打开，就会看到我写的一句话："谁偷看，谁就是小狗！"他依旧偷看不误。现在他再也不会这样了，我们有了自己的隐私，有了微妙的距离。我一个人写完，也不会有他在我身边笑我太多小心思。我不知道他在自己家干什么，虽然我们的距离只隔了两个池塘。

初一暑假，我邀请灿去江西我父母种地的地方住上一段时间。我们住在半山腰的小木屋里，父母去地里干活，我们就在屋里看《三国演义》，看烦了还可以去山下的村庄散步，或是去丘陵地的田埂上闲走。也许，我们之间的隔阂会因为这一段时间的相处而消失。晚上我们睡在竹床上，很久很久，我们没有在一起睡了。天气闷热，竹床黏黏的，翻来覆去，总也睡不着，还有蚊子的嗡嗡声徘徊不去。灿起身往外面走去，我以为他是去方便。等了半晌，他没回来。我也跟了出去，他坐在屋外的水泥地上，山间的晚风时不时吹来一阵，比在屋里的确是凉爽了好多。我悄声问他："你睡不着？"他指了指天空，我抬头看，忍不住惊叹了一声：深蓝色的天幕上，繁星密布。我让他跟我一起走。沿着屋后的排水管一路往上，到了山顶，风大了起来，放眼望去，茅草如海浪一般起伏。我们坐了下来，什么也没说，有时看星星，有时看远处隐没在夜色里的山峦。

第二天，姨娘突然出现了。当时我在屋里看书，姨娘一见我便问："灿呢？"我说他在山后面，姨娘忙说："你赶紧把他找出来。"她说话的口气听起来非常着急，是什么事情，又不跟我说。我跑去找到灿，带他回来。姨娘见到他后，把他拉到外面悄悄说了什么，灿脸色凝重地回来收拾自己的行李。我问究竟是怎么回事，姨娘说："灿屋里有点儿事情，现在需要跟我回去一趟。"我看着灿拎着小小的行李包跟姨娘出了小木屋，走下山坡，直至消失。他没有回头跟我说再见，我也不知道发生了什么事情。我一个人坐在屋里，他那本《三国演义》没带走，书上还有他的字迹，然而他已经走了。我心里空空落落的。

　　父母亲回来后，我才知道事情的原委：灿的母亲，也就是我的小舅母，失踪。小舅在江阴做生意，让小舅母过去。小舅母坐长江轮渡，等到了应该到的时间，小舅去接，却没见到人。那时候也没有手机，只能干等着。等了一天，也没见到人。小舅打家里的座机，家里人说小舅母是坐的哪一班轮渡过去的，当时还有人去送，亲眼看着她上的船，这个时间论理早该到了。这么一说，两边都慌了。各种不好的猜想浮现出来：是遭到绑架了？还是被拐卖了？还是……不敢再想下去了。姨娘带走灿之后，父母亲也赶紧带我回去了。我们到小舅家时，外公、外婆、大舅、大舅母、姨娘、姨爷，还有表哥表姐们，都齐聚在堂屋里，商谈怎么办。天气热得发烫，大人们心焦地讨论来讨论去，我去看灿，他坐在一角，有时候抬头看大人们，有时候低头，脚搓着地面。我很想走过去安慰他些什么，但我又能安慰什么呢？如果我自己的母亲失踪了，任何安慰都是苍白的。因而我最终没有过去。

一周后，我们接到小舅母的来信。她在信中说自己在去江阴的船上碰到一个人，那人说有一家工厂招工人，薪资待遇都不错，说得她心动了，便跟那人去了那家工厂。一看地址，工厂就在江阴对面。看完后，亲人们都炸开了，气愤之情溢于言表。大家都说小舅母不应该这么冲动冒失，轻信他人，实在是太丢脸了。小舅得到我们这边的消息后，赶紧去了那家工厂，蹲点了几天，总算"逮"住了小舅母，二话不说把她带回江阴。事情总算告一段落，但小舅母在亲戚中的名声败坏了。大家说等她回来，好好骂她一顿。那时候灿在哪里？我搜索我的记忆，没有关于他的片段。他像是躲了起来，在整个事件中他都是沉默寡言的。

我总记得小舅母抱住他的场景，她一脸自豪地说："灿哎，你要好好读！考上名牌大学，我脸上就有光咯。"小舅母也是一个爱看书的人，这在几乎都是农民的亲戚之中是个异数，只是因为年代的关系，她没能念多少书。她把全身心的期望都放在灿的身上。我也记得灿又是害羞又是不耐烦地推开小舅母。现在小舅母的这一连串行为，灿会怎么想？在大家都纷纷痛骂小舅母时，他会为自己的母亲在心里辩解吗？还是独自承受这深深的耻辱感？这些我不得而知。他像是隐身了一般，没有跟任何人说起自己的感受，包括我在内。就好比我寄宿的心情，也不会跟他讲。这些事情都太过复杂、太过细微，简直不知道怎么说起。它们一件件袭过来，把你撞倒在地，等你爬起来时，你只会感受到无名的痛。因为无名，所以无从谈起。我们各自被重重心事包裹，不再有共同的话题可言。

3

小舅母是小舅的第二任妻子，小舅头婚时生了一个儿子，叫清，大我和灿两岁。清一直是外婆这边带大的，跟小舅母常起冲突。有时候小舅母在灶屋一边烧火，一边说清在外面惹下的各种祸端，清听着听着暴脾气上来，在外面抽出一根大木棍，就要打过来。小舅母失踪一事，清反应特别强烈，一直说等着小舅母回来，要好好教训她一顿。有一天晚自习，清忽然来到我们教室门口，光着膀子，靠在门框上。班主任很紧张，过去问他有什么事情，他往教室里看了一眼，"灿，回去！有事！"灿也没多话，起身就跟着走了。

灿跟他这个哥哥的关系，可谓淡漠。两人虽然没有打过架，但也没有主动说过话。我跟清的关系也是如此，能离他多远就多远。我们像是不同世界的人。小时候我来找灿玩，清像是小野兽一般，猛地从背后袭击我，外婆总是气恼地说："不要欺负庆儿！"清这才讪讪地离开。他读完初一就不读了，在外面跟那些大人眼中的坏孩子厮混，这让大人们头疼不已。此次，清忽然把灿叫走，实在是罕见。我心里莫名地紧张起来，总觉得会有不好的事情发生。

第二天清晨从宿舍出来，一直在外种地的父亲忽然出现在教学楼前，等我走近，他让我上完早自习就去小舅家，"你家婆去世了。"外婆去世，对我来说是异常沉重的打击，从小到大，是她照顾每一个孙子孙女，还有我这个外孙。我忽然明白清昨晚为什么来叫灿了，那该是外婆的弥留之际，但清没有叫我，只叫了灿，我也因此错过了外婆生命的最后时刻。不知道这是幸还是不幸。也许我不用直面一个挚爱的亲人从弥留到去世的过程，而灿面对了。外婆一直跟小舅一家住，灿也是她一手带大的。我在外婆的棺材前哭得不能自已，灿在一边淡淡地不说话。我没有见他哭过。

自从外婆去世后，我很少到小舅家里去。随着小舅和小舅母出去做生意，外婆去世后的这一年，小舅家一直都是清和外公在住。清东飘西荡，经常不见人，屋里常常只有外公一个人坐在那里发呆，平日的饭菜是由大舅这边送来。而灿与妹妹明搬到姨娘家去住（那时候我已经从姨娘家搬到学校宿舍住了），由姨娘照顾。现在回想起来，这一年对灿来说，真是分崩离析的一年。一直以来万般宠爱他的这个家，顷刻间就没有了。他没有跟我说起这些。他从姨娘家过来，我从宿舍过来，我们就在同一个班上遥遥相望，却无话可说。他不跟我说话，也不跟任何人说话，他也不看书，也不出去跑动。之前跟他玩耍的含，也不来往了。

外婆去世一年后，外公随之而去。我父母从江西赶回来，小舅小舅母从江阴赶回来，我们又一次举办葬礼。大家忙碌地准备吊唁的事项，我站在姨娘家的门口，看灿远远地从大舅家那边走过来，手上端着托盘。天气很热，他满头满脸都是汗。我细细地看他：他童年时代有些婴儿肥的脸瘦了下来，嘴巴紧抿，眉头下沉，整个神情是淡漠的。他走过我面前，没有看我一眼，也没有看任何人，沿着闪着金光的池塘往自己家走。我蓦地在心底起了一阵恨意：我恨他无动于衷的样子。好像发生的这些事情，就像一枚枚炸弹在他生命中炸开，他都无所谓似的。他就淡淡地往前走，连哭一声都不肯。他跟童年时代的那个人，像是两个人了。

他的这种异样，不止我察觉到了，慢慢地连老师也察觉到了。连续几次模拟考试，灿的成绩排名从前三名滑落到后十名。他最强的英语和数学，居然都没有及格，这太叫喜欢他的老师们吃惊了。班主任找他谈了好几次话，各个任课老师也在分发批改好的试卷时，不点名地说起某些同学要专心，不要想七想八的。

老师说完后继续上课，我远远地看到他淡漠的神情。他心不在这里，我太熟悉他这个走神的表情了。我一下子恼火了：他怎么能这样?！完全就是堕落！虽然我的成绩向来不好，但我也在努力，不是吗？你这么聪明，却如此放任自流，实在是太叫人失望了。

放假去姨娘家做客，姨娘说："灿在上面。"我说："好，我去找他。"姨娘说"好"，又补充了一句，"他现在老把自己锁在房里不出来，有时候叫他出来吃饭，他都说不饿。"我上到二楼，有半年我就寄宿在这里，现在轮到他来寄宿。从他的房间传来音乐声，我敲门，没有人回应我。推推房门，是锁着的。我在外面等了等，里面除了音乐没有其他的声音，我只好又下了楼。姨娘问我："他没让你进去？"我点点头，姨娘叹气，"不晓得出么子鬼咯？他现在大变样了。"他一定听到我的敲门声了，就是故意不开。我走在回去的路上越想越生气。他身上像是结了厚厚一层壳，任谁也进不去。

从初二暑假开始补课，到初三每周一次模拟考试，我们的参考书在课桌上越摆越高，而灿的成绩越考越差，连我都远超他的排名了，老师们也懒得说他。有一天，他没来。第二天，他还是没来。我心想他是不是生病了，但我来不及多想，赶紧去做数学题。连续一周，他的位置都是空的。到了下一周，老师让几个同学帮忙把灿的位置搬到教室的角落。我这才知道，灿已经退学了。我惊讶地不知道说什么好。跑到姨娘家去看，姨娘告诉我，他已经坐船到江阴找他父母去了。我上二楼进到他的房间，床上被子叠得整整齐齐，书桌上放着他的课本，还有几本我们以前一起去新华书店买的世界名著，那个放音乐的播放机不见了，想必是他带走了。他就是这样把自己关在房间里，也许坐在这把快散架的椅子上，也许是躺在床上，也许站在窗边呆呆地看着外面……我们这几年，是怎么了？相互生气，进而疏远，而今他已经离开了，我心里忽然空了一大块。

4

中考我考得很差，别说重点高中，连普通高中的录取分数线都差了八十多分。父亲托人找关系，给学校交了一笔钱后，我进了市郊的一所高中。姨娘家还收到了灿的录取通知书，是市里一所职高，估计那学校很缺生源，连灿这样没有参加中考、分数为零的都要。我拿着他那张通知书，心想要是灿照着初一那个成绩下去，现在恐怕已经进了省重点高中了，哪里轮得到这种学校。

高中三年，几乎没有听闻任何关于灿的消息。小舅一家连过年都不回来了。高考结束后，大学的录取通知书迟迟未到，我在家里百无聊赖地等待。母亲说："你不如到江阴小舅那边玩一趟。反正到江阴的车天天都有。"由于老家到江阴做生意、开店铺的人非常多，有人专门跑起了这条线。跟小舅那边联系好后，我便坐车过去了。小舅在他们做生意的大批发市场门前迎接我。他开着电动三轮车，让我坐在上面。在去他租房的路上，小舅问我父母身体怎样、考得如何之类的问题，我半心半意地回答。随着离灿越来越近，我心里也越来越激动。

那是一栋三层高的民宅，前门出去是稻田，后门过来是池塘。小舅一家租了二楼，小舅先上去，冲着屋里喊一声，"灿，庆儿来咯！"好久好久没有听到这样的喊话了，灿在上面"哎"的一声，"我在房里！"我穿过客厅，走到房门口时，他正在搬床板，我叫了他一声，"灿。"他回头，还像以前那样笑吟吟地叫我："庆儿！"他胖了不少，脸上、身上都有肉了，穿着宽松的短袖，正在给我架床。他问我一路上累不累，现在饿不饿，要不要休息一下。我说一点事儿都没有，多年未见，再看到他，还是熟稔的亲切。

天气太热，晚上我们在阳台上铺上席子。隔着黑魆魆的一片田野和树林，远远的有一条金线浮出，小舅说那里是江阴城区，长江大桥已经通车，来去都很方便。小舅母摇着蒲扇，啪嗒啪嗒拍身上的蚊子，明在跟隔壁的租户聊天。我们又一次像是在老家小舅的阳台上那样，说着闲话，等晚风吹来。我看了一眼坐在旁边的灿，他抬头看天，半明半昧的月亮，零落的几颗星星。

我忽然想起我们在山顶看星空的那一次，他有我熟悉的坐姿和眯眼的方式。楼下隐约传来车子碾过地面的声音，还有狗此起彼伏的吠声，空气中是田野潮湿的泥土味儿。

灿说起当年退学的原因，是因为他生病了。他说了一个词，我之前从未听说过：抑郁症。症状严重时，看不进去书，不想说话，不想吃饭，不想见到任何人，每天都失眠，每天都想哭，每天……我讶异地听他描述发病的状态，心里一点点被愧疚填满。我一点儿都不知道，也从来没有真正关心地问过他，我只是在不断地积攒对他放任堕落的厌恶。实在熬不下去时，他决定退学，来找小舅，"我爸带我去了好多医院治疗，花了好几万块,总算治好了。"他笑着说。不知道是因为胖了，还是心态变了，初中时那沉默的神情再也不见，反倒是常常对我笑。我又一次想起小时候我们在一起聊天的场景，说着说着哄地一下笑个不停。只是，他的眼神里再也没有小时候的灵气了。

跟初中还有一点不一样的是，他话变得特别多。他坐在我对面，热切地问我："含现在么样了？那个王老师现在还在学校吗？惠玲出嫁了？……"一连串一连串的问题抛出来后，急不可待地等我回答。他问的这些人，有的我知道一些零星的情况，有的根本没有再关注过。我们能聊的这些共同相识的旧人，也渐渐淡出了我现在的生活。每当我回答出一个来时，他便会摇头感叹，"哎，是这样啊……"他偏着头想想后，又忍不住感叹一番。我问他过年为什么不回家，他说起各种理由，比如说开店太忙回不去，比如全家回去太麻烦，比如这个比如那个，说到最后，我忽然明白，他不知道怎么面对过去。那几年的事情，大家也许并没有忘记。

小舅在批发市场的门店，主要是从义乌倒一些便宜的小商品过来卖，小舅负责进货，小舅母、灿、明三个人负责看摊。非节假日，整个批发市场空空荡荡，小舅母跟对面的摊贩聊天，灿带我在市场周遭转悠。灿把该问的话都问完了，我们一时间不知道说些什么好。他努力找一些我们过去玩的游戏，比如说背古诗词，这是我们小时候经常较量的保留项目。"我还记得好多！"他仰起头，随口背了起来，"春江潮水连海平，海上明月共潮生。滟滟随波千万里，何处春江无月明……"背完《春江花月夜》后，他又背《代悲白头翁》，杜甫的《兵车行》《秋兴八首》……这些我几乎都忘光了，而他每一首都能熟极而流地背诵下来。他又拿起初中的数学题库，"这里的每一道题我都会做。那些东西，我都没有忘。"

过两天，他又带我到江阴城区逛。我们在步行街上散步，他给我介绍那些建筑和街道，走到一家网吧前面，我跟他说要不要进去看看，他迟疑了一下，"我从来没有来过这里。"我带他走了进去，他怯生生地看着面前一排排电脑和坐在那里上网打游戏的人们。灿不会开电脑，不会用键盘，从来没有上过网，也不知道怎么在网上聊天。他的生活与这些完全绝缘。我教他怎么开电脑，怎么打字，他依旧是怯生生地试了试。待了十来分钟，他有些坐立不安，"庆儿，我们回去吧。再不回去，我爸会着急的。"我只好答应他。出了网吧，我跟他说："这些都要学会的啊，未来大家都要用这个的。"他"嗯"了一声，稍后说了一句，"我爸让我不要上网。"

回去后，家里人打电话过来，说大学通知书到了，我被录取了。那是一所很普通的大学，但对我这种成绩一直一般的人来说，能考上就不错了。我兴奋得跳起来，放下电话后，我在店铺之间来回走动，快乐之情无以言表。灿远远地跟在我身后，他探头看看我，笑了笑，低头想想，又看看我。我的快乐无法把他包容进来，他又低头啃起了自己的手指。晚上，小舅特意做了一桌丰盛的菜肴。他跟我说："好好上，以后越来越有出息，晓得啵？"我忙说晓得晓得，灿又一次微茫地笑起来。

因为知道自己被录取了，我在小舅这边一天也待不住了。第二天，我就收拾行李要赶回去，好实实在在拿起那张录取通知书。小舅挽留我，灿也说在这里多玩几天，我都听不进去。第二天清晨，小舅开着电动三轮车，把我送到搭车的地方。灿因为要去店铺里处理一些事情，没有来。虽然有这个解释，我不免还是回头看看，没准儿他处理完，会赶过来呢。直到我上车，他都没有出现。

5

有一天晚上，我忽然接到他打来的电话。那时我正参加公司组织的一场活动，手机响起，看到显示的是他的电话，颇感意外。虽然我们有对方的联系方式，除了过年互道祝福之外，平日再无联络。在上大学那几年，我也曾见过他一次。他那时回来是为了结婚的事情。联姻的那家也开了店铺，跟小舅的店铺隔得不远，有一个跟我们同龄的女孩叫秋香，相互之间都认识。我没想到，灿会这么早结婚。但想一想，他已经出社会很多年了，在那样的环境之下，这个年龄结婚也是正常的。举办婚礼时，由于我还在大学，没有去参加。

我从喧闹的活动现场出来，走到走廊上，接了他的电话。他熟悉的声音又一次在耳畔响起，"庆儿。"我回他一句，"灿。"他停了一下，接着说："秋香马上要生了，现在在产房，我有点儿紧张。"我忙安慰他没事的，肯定会母子平安。他深呼吸了一口气，说："希望是如此啊。"我笃定地说："肯定是如此！你莫担心。"他连说好。我走到走廊尽头靠窗的位置，陪他说了一会儿话。窗外风吹树林喇喇作响，街边店铺招牌上闪着霓虹灯，空旷的篮球场上还留着昨天下过雨后的水洼。挂了电话，第二天早上收到他发来的短信，"生了。男孩。"

没想到他在人生的重要时刻，第一个想到的是给我打电话，每每想到此，我心里便一阵温暖。我想象他在产房外面的走廊焦急地走来走去的场景，他需要找个人倾诉，可是他的爸爸妈妈还有妹妹，都没法去说，毕竟大家都在那里紧张地等待。我想他在那边几乎没有什么可以说话的朋友，骨子里他还是个内向的人。于是，他第一个想到了我，这个童年时代几乎无话不说的伙伴。然而后来的事情，他却没有跟我说。我是从母亲那里知道的：他的孩子，还没到一岁，就夭折了，至于原因，不太清楚，但结果如此，叫我心惊。我很想打电话给灿，却不知道能说什么。而他如果真想跟我说的话，手机不是在那里吗？

在广告公司做了没多久，我辞职去了西安，换了几份工作后，又去了苏州，在木材厂找到一份文案的工作。过年回家，没有买到票，母亲说你不如去江阴搭车回来，我想也是。江阴离苏州很近，而且我当年去江阴坐的那班车依旧在跑。既然去江阴，少不得去小舅家看看，顺便在那里住一晚。当年我去的批发市场已经拆掉，又在原址上盖了一栋更大的楼，小舅一家继续在里面开店铺。不过经过多年的积攒，他们在市场附近的小镇上买了顶层的复式房。

晚饭前，我坐在他们新房的客厅，小舅在厨房忙着炒菜，小舅母整理房间，灿和秋香陪着孩子玩。第一个孩子夭折后，第二年他们又生了现在这个男孩。灿指着我对孩子说："你看那是谁啊？那是庆表叔。"孩子看我一眼，又扑进灿的怀里。灿宠爱地拍拍孩子的头，抬头又抱歉地说："孩子太害羞了。"我笑着说没事，看看孩子，再看看灿，不禁感慨，"他跟你小时候长得简直一模一样，都是眉清目秀的。"这时小舅母也说："是啊，我也这样说。"灿仔细端详了一番孩子，亲了一口。不过现在他已经胖得脸上、肚子上都是肉，很难看出小时候的模样了。

吃饭时，大家围成一圈，秋香抱着孩子，坐在小舅母旁边。小舅母夹起一块肉要给孩子吃，灿忙说："不要喂了！肉太大了。"小舅母尴尬地放下，过一会儿，又夹起土豆片递过来，小舅又说："你莫喂了，要是又噎到了，么办？"小舅母小心翼翼地说："不会咯，我会注意的。"小舅说："你要是注意的话，第一个……"话没有说完，大家低头吃饭。我忽然明白了些什么。灿在吃饭前主动提起过第一个孩子夭折后的心情，"我每天都在哭，管做么事都会哭起来。倒是秋香特别镇定，劝我把心放宽。第一个没了，还可以生第二个。"现在，第二个孩子被灿抱到怀里，问孩子想要吃什么他给夹，菜给孩子吃之前，碾碎吹冷再喂。

吃完饭，问起这些年的情况：小舅和小舅母年龄大了，做过手术，现在都退居二线。小舅找了一个看门保安的工作，店铺交给灿来经营。小舅说："灿现在是一家之主。"说完看了一眼正抱着孩子玩的灿，我也看过去。要是搁到以前，真的很难想象灿会成为一个家庭的核心。渐渐的，两个老人，还有孩子，都需要灿和秋香来养。店铺的生意在网络时代越来越不好做了，他该怎么撑起这个家呢？我不知道。

为了赶回家的第一班车，天微微亮，我就醒了。提前跟小舅他们说了，我走得早，让他们不用特意起来送我。我收拾好行李后，到了客厅，灿已经在那里等我了。他二话没说，拎起我的包裹。夜色尚未完全退尽，抬头看天上，还有半片白净的淡淡月亮和几颗似有似无的星点，空气清冷湿润。他在前头走，我跟在后面。他的影子拖到我的脚下，我忽然想起小时候在月光下比影子长短的场景，不禁笑出了声。他回头疑惑地问我笑什么，我说了，他想了想摇头道："我一点儿都记不起来咯。"我又说起以前在山顶看星空的事，他也不记得了。

我问他还记得什么，他想了想，"我记得你做的那盘青椒炒豆豉，好吃得要命。吃到一半，你说不能再吃，再吃就没有了。你还说等我下一次来你家，你专门做给我吃。"我记得这件事，"可惜之后你再也没有来我家了。"他抿了一下嘴，"是的咯，之后发生了太多事情。"我们走到等车的地方，月亮越来越淡，星星已经消失，太阳渐渐升了起来。我们没有什么话可以说了，沉默在我们之间变成固体一般的存在。我希望车子快点儿来，好结束这样的沉默；又希望车子慢点儿来，哪怕这样一起等着，也是好的。

街上没有什么人，偶尔有一辆两辆车子飞速地跑过。路对面有块路牌，显示从这里到长江大堤还有多远距离。我说："这里离长江好近。"他突然冒出来一句,"君住长江头,我住长江尾。"这也是我们过去常背诵的诗句, 用到这里意外地贴切。车子终究还是来了,我上去后,他把行李递给我。我说:"你要多保重啊。"他挥挥手,"好, 你也是啊。"车子开动了,过了一会儿我回头看,他还站那里, 没有动一下。

北京阿姨

阿姨经常半夜两点钟回家。在朦胧的睡意中，能听到她的开门声，然后是小心翼翼的关门声。我的房间靠近厨房，早上六点多，又能听到她在厨房的洗漱声，不一会儿，开门声再次响起。她出门了，门小心翼翼地关上，发出啪嗒的一声。除开周一，每一天她都是这样。我们这套房子四个房间，最大的一间是客厅隔断而成，住着一位男室友，我们叫他小白；靠近卫生间的两个房间，一边住着女室友，我们叫她小文，跟她同住的妈妈，我们都叫她阿姨，另一边住着另外一位男室友，我们叫他小易；而我住在靠厨房的这边，以前其实是个杂物间，面积狭小，又没有与厨房完全隔断，所以只要厨房做饭，油烟必定会弥漫过来，连带我晾晒的衣服、书籍、棉被都沾了油烟味。不过，已经住了几年，也就慢慢习惯了。

　　一开始，阿姨在酒仙桥那边给人家做饭。周末两天，她会过来跟小文一起住。我们那时候相互还不熟悉，见到她也只是点点头。后来，她辞掉了那边的工作，搬过来与小文同住。白天小文出去上班，她在房间看电视。我在自己房间里，都能听到她看综艺节目时发出的笑声。做饭呢，也很简单，包饺子，剁好馅儿，从超市买来饺子皮，一次包很多，放在冰箱的冷冻柜里。需要吃时，她就煮上十来个，盛在碗里，速速端进房间，生怕错过了节目的精彩内容。

有时候，我们在厨房里碰到。都是要做饭的，各自做法不同。她喜欢炖肉汤，小火慢烧，时不时地跑过来揭开锅盖看一看，用勺子搅拌一下，又急忙返回房间看电视；有时候电饭煲熬粥，米汁都溢出来了，她人还没来，我就把盖子掀开。等她匆忙跑过来时，见盖子是开的，松了一口气，转身谢我，"噫——你做饭咋恁香呢？"那时，锅里油已经滚烫，放入切碎的蒜末和姜末，翻炒片刻，再放青椒，的确很香。阿姨过来细看我如何炒菜，啧啧嘴，"你恁会做饭。"我说，"就是很普通的家常菜，小时候跟大人学的。"她点点头，"我家小文什么都不会做。能有你一半能干就好了。"

阿姨看样子五十岁出头，以前在平顶山当工人，现在内退下来。她来北京后，老伴儿继续留在老家。她头发齐耳，有时候会化淡妆，看得出年轻时是美的，不过现在年龄大了，背稍微有些弓起来，皮肤也松弛了。每到下午，她会打扮一下去公园，那里每天都有合唱团在放声歌唱。一大群中老年人聚集在那里，唱《唱支山歌给党听》，唱《今天是个好日子》，唱《十五的月亮》……阿姨站在角落，跟他们一起唱。有时候看她拿着分发的唱本练习。唱过一段时间，她没有再去，继续待在房间里看电视。

小文买了一只小京巴回来，阿姨的笑声又起来了。小京巴真是活泼，一刻不停地从这个房间跑到另外一个房间，见到人就摇尾巴舔脚，简直是热情得过头，半夜还能听到它叫。白天，阿姨有时候会喊："好了好了，不要叫了。"小京巴消停了一会儿，电视的声音响起，不一会儿又有叫声，阿姨又喊："咋恁烦嘞？"小文下班后见此情形，便说："狗要带出去遛。"阿姨不耐烦地回："太麻烦了。"没过几天，小京巴被小文送走了。不久，小文又买了两只小鹦鹉回来，放在鸟笼子里，阿姨从来不去管，倒是小文经常趴在笼子边上，"哎呀，小兰兰，给你找了个老公，你咋不喜欢呢？为什么要啄人家呢？你真叫我操碎了心。哎呀，小兰兰……"

小文大我一两岁，上班的地方就在租房附近，走路过去二十分钟的样子，不过时常因为起得晚只好打车过去。那时候我和小白早就各自上班去了。屋子里，做翻译的小易在自己房间，很少出来。客厅里，两只鹦鹉各自站在笼子一角，时不时打起来，不一会儿又一次分开站定。听小易说，阿姨在自己的房间悄无声息的，只有电视的声音。有时候晚上下班回来，客厅的桌子上放满了菜，阿姨、小文，还有陌生的男人坐在一块儿吃饭。菜，肯定是阿姨做的。她愿意费这么大工夫做饭，是因为小文带新近相亲的男人回来了。小文的年纪，在老一辈的人看来已经很大了。吃完饭，他们就坐在那里聊天。阿姨会时不时问问男人的工作、家庭背景之类的问题。

不过，过了几天，男人又换了。有时候前天一个男人送来了花，第二天因为来了另外的男人，小文会把那束花收到厨房的冰箱上头。而阿姨依旧做一桌菜，依旧问那些同样的问题。小白到我房间来聊天："你看她们母女俩这个行为，我看不过去。"我问他为什么，他说："是个男人就往家里带，她妈妈还笑脸相迎，也太随便了。"我说："这是她们的自由啊，也是她们的私事。"小白没有再说什么。不过不满的情绪渐渐滋生，比如说厨房的储物柜，居然都快被她们占满了；客厅的沙发上，搁着她们不用的棉被和呼啦圈；看电视时也不关门，而且电视是一天开到黑，多费电啊……小白每每私下抱怨这些，母女俩并不知道。

闲了一段时间后，阿姨在我们租房附近的电影院找到了一份清洁的工作。有时候我在厨房，她往布包里放装饺子的饭盒，我便问她怎么上班的。她说："噫，工作是不累，就是磨人。早上老早去，晚上老晚回。幸好我住得近，来去方便。有个住在西二旗的，晚上两点电影散场打扫完，她老公骑车过来接她。"打包完毕，她喃喃自语，"老咯，工作不好找。"跟阿姨一起做清洁工作的，都是外地人，多五十岁上下，有一些是随子女来京，还有一些是夫妻俩过来打工。电影院每天人流非常多，打扫起来很是麻烦。轮到晚班时，有个小屋子供她们休息，一等电影散场，她们立马赶到影厅收拾垃圾。尤其是巨幕影厅，从最上面一排到最下面一排，收拾起来极其麻烦。有时候电影散场，往出口走去，我抬眼一看，就见阿姨穿着清洁工的天蓝色工作服，脚下搁着黑色大塑料袋，等着人群散尽。我没有上前打招呼，低头往边上走。在这种场合碰到，总归有些不好意思。

有一天正在上班，忽然接到小文的电话，"你帮我一个忙。"她的声音从来是响亮的，现在听起来却很低哑，"我那两只鹦鹉，你帮我照料一下。我家里出了一点儿事。"我问她如何照料，她有些不耐烦，"哎呀，就是喂点儿小米就成了！"说完就挂了。一时间我有点生气，让人帮忙哪能是这样的口吻?! 回家后，小白忽然跑到我房间来，小声地告诉我："你知道吗，小文的爸爸得脑溢血住院了！她跟她妈今天已经坐火车回家了。"去厨房倒水，灶台上那锅阿姨炖的汤还没端下来，汤面结了一层薄膜。搁在厨房窗台的鸟笼，两只小鹦鹉，一个在左边，一个在右边，默默地站在那里，时不时扑棱一下翅膀，又一次站定。

她们走后的那些天，我每天照例给鹦鹉准备好小米，换好清水。因为出差，我又把鹦鹉托付给朋友照顾。小文有时候会发短信过来问："鸟儿还活着吗？"我回她还活着，问她父亲的情况，她告诉我，她们回去的当天，人就已经去了，没来得及见最后一面。她父亲我从来没有见过，但我知道他来过一次北京，是在过年的时候，我们都回家了。谁也没有想到那是她们一家一起过的最后一个春节。有时候小白说起来："他们夫妻感情肯定不好，要不你看阿姨很少回老家，而小文老爸几乎不来北京。阿姨肯定是忍受不了，才跑到女儿这边生活。"我说："你怎么知道阿姨不是为了照顾小文呢？"小白撇撇嘴，"那可未必。小文多大的人了，还需要照顾吗？你没听到她们经常吵架？小文也嫌她妈老跟在身边烦呢。"我说不知道。我把小文父亲去世的消息告诉小白后，小白又说："你看要是阿姨在身边，小文她爸没准儿就能得到及时抢救。"我说："那不能这么说，这样的事情谁能说得准呢？"小白摇摇头，"不管怎么说，只要想起这个事情，我想阿姨会非常内疚吧。"

　　差不多过了一个月，有一天下班，我一打开门，见阿姨正在厨房炒菜。我跟她打招呼，她微微一笑。似乎没有发生任何事情，阿姨依旧是往日的打扮，头发剪短了，粉色外套，油烟大时咳嗽几声。饭也煮熟了，汤也端上了，菜也炒好了，阿姨叫小文出来，在大厅的大桌上吃饭。两个人默默对坐，各自吃自己的。这的确有点不同寻常，平日两人肯定要用方言你一句我一句地说话。她们做完饭，我开始炒菜，也不想做复杂的，就来个黄瓜炒腊肉、番茄鸡蛋汤。正在忙时，阿姨把吃完的空饭碗端到厨房。黄瓜切好片，倒进锅里，刺啦一响，阿姨"噫"

的一声，"你做饭还是这么香。"我说："阿姨你过奖了。"阿姨一边洗碗一边说："恁香！我咋弄也不成。"

因为周末值班的缘故，周一我只要在家里上班就可以。大家都上班去了，整个住所静悄悄的，时不时听到窗外的鸟鸣声，还有楼下的老人聚集在小区葡萄架下的聊天声。忙完手头的工作，拿本书靠在躺椅上翻翻。过了一会儿，老觉得有隐隐的哭声传来，一开始我以为是幻觉，渐渐地哭声越发大了起来。我起身开了房门，那哭声是从小文房间传来的。一时间，我不知道该不该进去。平日在家做翻译的小易，也打开门探出头来，我便先进他的房间。关上房门，小易小声说："这几天阿姨没有去上班，一直在家里，时不时听到她哭，有时候是号啕大哭。"我说："我们要不要去看看？"小易迟疑了一下，"我不知道这样好不好。"我也踟蹰起来。那哭声变成了哽咽，一声一声，听得人心发紧。我说："我们还是去看一下吧。"

敲了敲房门，阿姨的哽咽声停住了。我说："阿姨，是我和小易。你没事吧？"阿姨声音小小的，"房门没锁。"我们推门进去，房间被阿姨收拾得整洁干净，电视还在放着，阿姨坐在床边，垃圾篓里堆满擦眼泪的纸巾。她抹了抹脸，不好意思地说："吵到你们了啊，抱歉。"我们忙说没有，阿姨待要再说什么，鼻翼先抽动起来，眼泪又一次流下来。我们有些手足无措，不知道该不该坐在她身边，也不知道怎么安慰。阿姨又一次擦干眼泪，叹了一口气，"不好意思，我自己也不知道为什么就哭起来了，让你们笑话了。"我倒了一杯水，端给她，"阿姨，不会的。哭出来人要是舒服些也好。"阿姨嗯了一声，拍了拍心口，"心里头难受。人哪，说没就没了，叫我们这些活着的人遭罪。"说着又一次抽噎起来。我们找来两个椅子，坐在她旁边，陪着她说一些无关紧要的话，她也渐渐平静了下来。

　　小文时常不在家。小白说有一次逛商场，看到小文被一个男人牵着，"那男人，有点儿秃顶，应该还有点儿小钱。"又说起阿姨，"你看她，年纪也不大，在那个年龄段应该也算好看的，干脆再找一个老伴儿得了。"而阿姨依旧天天上班，饭菜很少弄了，就煮点饺子，自己端到房间里吃。有时候，我跟小易他们看完电影出来，阿姨在广场上拿着扫帚，追一个滚动的塑料袋。天气渐渐凉了起来，电影院附近的柳树叶子一片片飘落在地。时序变换，流感来袭，阿姨发烧在家，问起来她说那电影院空调太冷，吹得头疼，晚上又熬夜，眼圈都大了几轮，小文忙着炖姜汤给她喝。喝着喝着，两人又吵了起来。她们吵架的声音很大，坐在房间里都听得真切。小文说："我不要去！"阿姨高声回道："你都多大年纪了！你不去，人家怎么想？"小文说："他怎么想我不管！总不能让你一个人在这里。"阿姨又回："我不要你陪！我一个人好好的，怕什么?！"

　　天一点点冷了下来，一日起床，窗外居然飘起了雪花。出了门，冷得直哆嗦。坐车经过电影院时，远远看见阿姨跟其他人一起在清扫积雪。马上要过年了，地铁车厢里空空荡荡，坐车的人也多拖着自己的行李箱，往火车站奔去。我跟小易因为有事，都不能回老家，阿姨也没有回。冰箱里塞满了她准备的鸡鸭鱼肉，还有一袋袋包好的水饺。我跟小易也准备了一些蔬菜和肉。大年三十晚上，窗外的烟花咻咻地响起。我跟小易合伙做年夜饭，酸菜炖鱼、萝卜炖牛肉、煎鸡蛋饼、蒜薹炒腊肉，另外还准备了一些瓜子、水果。小易把我做好的菜端到饭桌上，我问他：“阿姨呢，怎么没见她出来？让她跟我们一起吃啊。”小易说：“她煮了一点儿水饺，端到自己房里吃了。”我又问：“小文是不是去她男朋友家了？”小易说：“是啊。那天，小文男朋友过来接她，她不肯走，阿姨还跟她吵了一架。”

放好碗筷，开了可乐，满桌的菜，有了些过年的气氛。我站在客厅里喊，“阿姨，过来跟我们一起吃吧。”阿姨的声音传来，“不了，谢谢你们啦。”我们只好作罢。吃完饭后，我跟小易出门散步。除夕夜的北京真是空荡荡的。昏黄的路灯下，雪花簌簌地落下。沿街的店铺都关门了，唯有天空时不时绽开一朵烟花。实在太冷，我们只好转头回家。一开门，小易说：“你听——”我站住，又听到了阿姨的哭声。我们一时无言，悄悄地进到我的房间。我小声问，“怎么办？”小易也摇摇头，“要不我们去陪陪她？”我说好。我们走到阿姨的房间，敲门，阿姨的哭声停住了，让我们开门进去。

　　电视里正在播春节晚会，阿姨还是坐在床边，手里拿着纸巾。我们叫了一声"阿姨"，我又补了一句"新年好"。她点点头，"新年好。"声音是颤抖的。小易去外面，把饭桌上我们放着的瓜子和水果都端了进来；我又去倒了一杯开水，递过来给她。她说谢谢，接过杯子一小口一小口喝着水。她头发梳得很整齐，穿着喜庆的红色外套，脚上也是小文买给她的新鞋子。我们没有提阿姨哭的事情，各自找一个小板凳，坐在那里看电视，嗑着瓜子。阿姨也起身从柜子里拿出糖果，给我们一人一把。我和小易看一会儿电视，大声笑起来，有时候我自己都觉得有些夸张，但偷眼看阿姨，她也慢慢笑了，我也就放下心来。

　　春节晚会看到一半，小文的电话打了过来。阿姨大声对着手机说："没得事儿，我很好。你在那边好好的，要听话，知道吗？"又说了一会儿，挂了电话，阿姨把手机拿在手中反复摩挲。小易问："小文在那里还好吗？"阿姨抬头笑笑，"好好好。她说那边对她很好，又是给红包又是这个那个的，她也喜欢。"说完，她顿了一会儿，又说："我过完年后就回去了。"我转头问："怎么突然想回老家了？"阿姨说："小文的事情也有眉目了，我不能还在这里妨碍他们。"我说："哪里妨碍了嘛。你是她妈妈。"阿姨摇摇头，"噫，这样可不成。我还是回去，也自在些。"窗外突然传来放鞭炮的声音，眼看十二点就到了。我说："阿姨，新年快乐。也祝你在老家快快乐乐。"阿姨连连说好，"你们也是啊，好好在北京生活。"我们说好。我站起来，来到窗边。雪还在下，干枯的树干上堆了厚厚一层，空旷的马路上一辆车子也没有，明天的北京会是一座雪白的城。

戏子老师

新学期开始，班上来了新的数学老师。她刚一进教室，全班鸦雀无声，因为教导主任王老师也随之进来了。王老师是我们的噩梦，没有一个人不怕他，哪怕是最调皮的学生，见到他也屏住呼吸贴墙走。他最让人闻风丧胆的就是花样百出的体罚了，比如把凳子翻过来让学生跪在四个凳腿上，比如说让学生双手伸向前方沿着操场学僵尸跳，再比如把学生吊在风扇上拿戒尺打……当然如果体罚没有发生在自己身上，我们会觉得这些很有趣，甚至说很别致，不知道王老师怎么能想出这么多的花样来。

　　他进了教室，大家立马坐得笔直，手放在背后，生怕他扫过来的目光盯上自己，但他没有停留，径直走到教室后面，找了一个空座位坐下。我坐在靠窗的位置，偷眼瞄见他从黑皮包里拿出一叠作业批改。再看站在讲台上的数学老师，细细高高，橘黄色格子外套，厚垫肩，大翻领，露出里面白色的针织毛衣，下身黑色健美裤，跟过去教我们的那个年过半百、一说话唾沫横飞的李老师完全不一样，我一看到现在这位就喜欢上了。我们都盯着她看，她却不看我们，低头翻开课本，翻过来又翻过去，拿起粉笔又扔下，过一会儿又拿起。空气中弥漫着一种紧张的气氛，我们不敢妄动，老师咳嗽了几声，却没有说话。

"陆春枝，你要喊上课！"身后响起王老师响亮的声音，我们后脑勺一阵发麻。陆老师抬起头看过去，愣了一下又反应过来，"哦哦，好。"她直起身子，眼睛试探地看了一下我们，又怕烫似的收回目光，"上课——"声音小小地吐出来，班长立马回应："起立！"大家随之纷纷起身，往前鞠躬，"老师好——"陆老师像是吓了一跳，张着嘴看着我们，我们也站在自己座位上看她。"你喊坐下，他们就坐下了。"王老师又说话了，陆老师又"哦"了一下，"大家坐下……"我们又坐下来，凳子滑擦地面，发出刺耳的声响。

她开始给我们上课了，她的声音像是飘飞的棉絮，轻柔飘忽，捉摸不定，我几乎听不清楚她在讲什么。她的黑板字歪歪扭扭，写着写着一行字从上面歪到了下面，远远不如过去李老师的字体那样刚劲有力。王老师又说话了，"你声音大点儿！"陆老师声音随之大了一些，操着蹩脚的普通话，到了给我们讲演算公式时卡住了。她像是怕冷似的，搂住自己的身子，眼睛盯着黑板，有细细的汗珠从她的额头流下，虽然天气这么冷。

"建华，这个题么样算？"停顿了半晌，她终于冲着后面喊了一声。随即传来王老师起身，凳子划过地面的声音。他走上台，接过陆老师的粉笔，小声地跟她比画。说完后，王老师又把粉笔还给陆老师，"你再给他们讲一遍。"陆老师露出为难的神情，但王老师没有管，又一次下了讲台往后面走。陆老师捏着粉笔，看了一眼我们又忙缩回去。"呃，这个公式……从这里算……"她细声细语地拿粉笔在黑板上演算了几步，又卡住了。我们已经不在乎她能不能讲出来，心反倒都提了上来，因为她背着我们，肩部一直在发抖。

"加个除号就好了！"王老师又喊了一声，陆老师依旧没有回身。王老师又一次起身，走到讲台上，接过陆老师手上的粉笔，小声地说："这个很简单，你看——"还没有说完，陆老师的哭声传了出来，"不行不行，我实在不行。"王老师迅速扭身往我们头上扫了一眼，我们不敢露出好奇的神气。他拍拍陆老师肩头，"真的不难……"陆老师拼命摇头，声音哽咽，"不行不行……"不等王老师说话，她就冲出门去。王老师连连"哎哎哎"几声，陆老师已经沿着走廊跑开了。"你们先自己看书，我要捉到哪个开小差的，小心你们的皮！晓得啵？"王老师沉着脸对我们说完这番话，也跑了出去。

开始，教室里的气氛像是结了一层膜，大家都默默地坐在那里，也不看书，也不说话。过了大概两三分钟，开始有窸窸窣窣的声音响起，像是无数躁动的小泡。我透过窗子看出去，王老师追着陆老师到了办公室。这时，同学们开始纷纷说起话来。有人跟陆老师一个坑的，便说起她是王老师的媳妇儿，小学都没毕业。但王老师我们都知道，他哥哥是市里的副书记，权势很大，他要安排媳妇儿来教书，学校也没有人敢说一个"不"字。

那堂课，就在这种叽叽喳喳的说话声中过去了。第二天，陆老师又一次走进教室，这一次她没有教我们数学，而是语文，王老师没有跟进来。她一站上讲台，拿戒尺"啪啪啪"连拍三下，震得桌上粉笔灰都飞溅了起来，"上课！上课了！"我们都愣住了，这跟昨天的她是同一个人吗？班长慌乱地站起来，腿上没注意，带倒了桌子，课本和铅笔盒摔了一地。陆老师又"啪"的一声，班长连桌子都不敢扶起来，哆哆嗦嗦地喊："起……起立……"大家也都连忙站起来说老师好。

班长说完后，去扶桌子，陆老师嗓门一下子大了起来，"叫你扶了么？你怎么毛手毛脚的?！"班长向来是老师宠爱的好学生，从来没有受过这番怒骂，一下子哭了起来。陆老师手往外一指，"要哭外面哭去！"班长难以置信地抬头看她，她绷着脸说："耳朵聋了？滚外面去！"班长忍住眼泪，磨蹭着出，站在走廊上。课堂上，大家都缩手缩脚地翻看课本。陆老师操着半方言半普通话给我们念课文，有几个字去年我们学过，但是她念错了。

她这次没有怯场，眼睛也不看我们，也不在黑板上写字。念了一遍后问："你们会念了吧？"我们回："会念啦。"她忽然手指着最前排的张丽荣，"你，给我念一遍试试？"张丽荣正好是我们班上的语文课代表，就数她字认得最多，念得最好。她开始念了起来，陆老师对着课文检查。"她的眼睛炯炯有神——"张丽荣念到这里，陆老师打断了她，"你怎么念的？同——同——有神！"张丽荣噎了一下，困惑地看了一眼陆老师。"看什么看，接着念！"陆老师声音很凶，张丽荣低下头小声说，"可是，邱老师教我们念 jiǒng……"陆老师"噢"了一声，"是吗？"大家都说："是！"陆老师吓了一跳，昨天那惶恐的神情又一次回来了。不过她稳住了自己，说："是就是，你接着念。"张丽荣又继续念下去，读到陆老师之前念错的地方，她迟疑了一下，还是按照正确的读音念下去，这次陆老师没有打断她。

第三次陆老师走进教室时，没有教语文，改成教我们音乐。我们的音乐课就是唱歌，一个星期只有一节。陆老师这次换成粉红色外套，还烫了头，大波浪卷，脸上擦了粉，既不像第一次上课那样紧张，也不像第二次上课那样凶狠，看起来分外轻松。她把音乐课本扔到一旁，抬头扫视我们，"今天，我教大家唱歌。"她从口袋里掏出一个红色塑料本，递给张丽荣，让她把歌词抄到黑板上。我们一看歌词题目是《十二劝》，几乎都没有听说过。陆老师说："这歌，是我们本地的山田歌，你们呐，要好好跟我学。

晓得啵？一般人，我都不轻易唱的嘞。"我们说晓得。

　　　　正月劝君是新春，

　　　　劝哥玩耍散精神。

　　　　劝哥快来迎新春，

　　　　迎了新春把秧分。

　　　　一年四季靠个春。

　　她一开口唱，我们都给镇住了。那歌声像是流淌的蜜一般，从我们的耳朵一直流到全身，甜美婉转，让人又高兴又难过。正月唱完唱一月，一月唱完唱二月，一直唱到十二月：

　　　　腊月劝君又一年，

　　　　鱼肉爆竹办得全。

　　　　有钱人家好过年，

　　　　无钱人家好可怜。

　　　　过了荒年望好年。

　　陆老师坐在讲台上，手里打着拍子，一个月一个月唱下来，整个人看起来特别自在，我们也跟着唱起来。因为曲调简单易学，我们很快就学会了。感觉还没唱尽兴，下课铃声已经响起。我们第一次觉得一节课怎么会这么快就结束了，同时也对陆老师的离开恋恋不舍。

回家后我一边做作业一边哼唱，在一旁剥花生的母亲好奇地问："这不是《十二劝》？好老好老的歌，你怎么会哩？"我告诉她是陆老师教的。"哪个陆老师？"母亲问我。"王建华老师屋里的，陆春枝。"我一说完，母亲"哦"了一下，"她啊，难怪哩。"母亲说陆春枝原来是学唱黄梅戏的，在文工团待过，后来去广州打工，回来后嫁给了王建华。

平时没课时，我们在操场上玩耍，陆老师穿着绿色高领毛衣，拎着开水瓶，慢悠悠地从开水房走到教师办公室。她走路的姿势很好看，身体轻摆，腰肢微扭，果然是曾经唱戏的身段。我们高声喊："陆老师！"她微微点头，"你们要好好学习哦。"她的声音也比在课堂上随和多了。好容易盼到了下一节音乐课，已经是一周之后了。这次她刚一进来，全班一阵骚动，各个探着头看她，她反倒不好意思起来，笑问："上次的歌，现在还会唱么？"我们都齐声喊："会！"她让我们唱唱看，我们对着抄下来的歌唱了起来。她听完，笑得很开心，"不错嘛。"

这次她要教我们唱《十二靠楼台》，她哼唱了一小段：

佳人（啦）初靠玉楼台（吔），
半载（哟）期君（吔）不（长）见（乃）来，

日（吼）子渐（乃）长身自倦，
蜡梅（吼）绽放玉梅开（吼）
……

这次的比上次的复杂多了，我们都有些懵，不知道怎么跟唱。陆老师唱完一段后，忽然叹气，"这个对你们来说太难了。要不我给你们换一首。"张丽荣大着胆子说："老师唱得好听，我们要听！"我们纷纷附和，"老师你唱吧！"陆老师也被我们的热情感染了，"好，那我就唱，你们会就跟着唱，不会的听就好了。"

她清了清嗓子，给我们唱了起来，开始身子绷直，闭着眼睛唱，声音还有点抖，慢慢她找到了自信，睁开眼睛，沿着讲台来回踱着碎步，翘起兰花指：

愁一曲，月三更，
怕听台前落叶声。
是谁没有相怜意，
辗转思量直到明。

正听着，眼角的余光看到了窗外的走廊，校长靠在离我们教室不远的栏杆边上。我心猛地一抽，再看陆老师，依然沉浸在演唱中。校长没有走过，反而转身离开。过了不到十分钟，王老师急匆匆地跑过来，冲进教室，"你在搞什么啊?!"陆老师错愕地看着王老师，"我在教学生唱歌啊。"王老师不容分说地把陆老师往门外拉，"你这是教他们唱歌还是唱戏?!"陆老师回道："他们喜欢听啊。"王老师低吼了一声："你还想当个戏子啊!"

陆老师站在走廊上定住了，王老师再三拉她，她都不肯走。"你别在这里丢人现眼，跟我回去。"王老师硬拽着陆老师的手往教师办公室那边走，一些老师远远地从办公室探出头来。"王建华，你把你刚才的话再讲一遍!"陆老师冲着王老师叫了起来。王老师连忙看看四周，压低声音，"你要记得你现在是一个老师，走!"陆老师握着的手忽然撒开，"是我要当老师?我根本就不想当!"王老师这次使出了蛮力拖着陆老师，"走!走!"陆老师一个趔趄，一只鞋子掉了，王老师不管，依旧拖着她往前走。

陆老师挣扎地喊："你放开我!放开!"王老师毫不松手，陆老师突然咬了他的手一口。王老师这下子把手松开了，"你疯了!"走上前，扇了陆老师一耳光。陆老师顿了一下，我们还没反应过来，她已经脱了没掉的那只鞋，拿在手中去追打王老师，"你打我!你打我!"王老师个子比陆老师矮，已经挨了她鞋子好几下。我们贴着窗户看，极力忍住笑。没想到王老师也有这样的一天。他跑到操场上，一边跑一边喊："你疯了!疯了!"陆老师光着脚，跑得飞快，又连连追打上去，"你敢打老娘!

你这个孬种！你个没得用的烂茄子！"王老师护着头，"你疯了！疯了！"我们再也忍不住了，放声大笑。

等王老师逃到教师办公室那边，校长、李老师、齐老师走过来拦架。王老师一头土，躲在自己的办公室，把门锁上。校长和老师们把陆老师拦住，"算了……春枝……哎哎……算了……学生们都在看……"陆老师把鞋子穿到脚上，另外一只校长也叫人捡了回来。她气喘吁吁地坐在花坛沿上，对着王老师的办公室骂："你妈个屄的，你还打我！你打学生打上瘾，就来打老婆，是吧？我跟你说，这笔账不算清楚，我不跟你过日子咯！"歇了口气，又继续骂："是我要当老师？你好说歹说我才来试一下，你当时莫求我来哎！你个孽畜！老娘出去打工，也比这里强！你不是不要老娘出去，不是怕我跑咯？我不晓得你那个细心思……"校长这边为难地插嘴，"春枝哎，学生在上课咯。你要不先回去歇息歇息？"陆老师瞥了校长一眼，起身时，校长往后退了一步，像是怕被打似的。"我不教书咯，我回去了！"陆老师挥了一下手，去车棚推出了自行车，骑上后又扭身骂了一句，"王建华，你这笔账我记着！"说完车子飞快地冲出了校门。

自那以后，我们再也没有见到陆老师。听跟她一个垸的同学说，陆老师又去广东打工了。王老师灰头土脸了好一阵子，我们在走廊上碰到他喊他，他"唔"的一声就匆匆走开，根本不看我们一眼。我们的音乐课，变成了齐老师沉闷无趣的语文课，有时候听着听着，脑子里忽然跑出一段旋律，"正月劝君是新春，劝哥玩耍散精神……"陆老师好像就在我耳边细声细气地唱，声音甜美动听。偷眼看窗外，一只麻雀孤零零地站在校门口的梧桐树上，操场上空无一人。

鬼城诗人

1

　　窗帘才打开了一点点，雪亮的晨光便如利爪一般飞速地伸进来揪开了我的眼皮。跟我同住的京报记者王乐见我醒来，索性把半边窗帘拉开，脸贴着窗户，笑嘻嘻地说："你快来看！"我赖在自己床上不耐烦地翻了一个身，"看什么？"他说："王姐在读诗。"我立马来精神了，跳下床，衣服也懒得穿，光脚跑过去。在宾馆前面的小广场上，王姐手上拿着一本书来回走动，嘴巴一张一合，隔着窗户，听不清声音。我问王乐："你怎么知道她在读诗？"王乐瞥了我一眼，"你觉得她还能在干吗，朗诵文件？"我不理他，又回自己的床上继续睡觉，昨晚主办方安排的酒宴实在是太折腾人了，我到现在都没有从醉酒的状态中完全清醒过来。

　　不知道睡到什么时候，王乐又过来催我起床，早上的自助餐再不去就没有了，更何况会议也快要开始了。我只得把自己的身体从被窝里拽出来，搬到卫生间洗漱完毕，然后跟着王乐下到二楼的餐厅，刚到门口就碰到了王姐。她头发短短的，没有像我们记者团里其他年轻女记者那样化妆，肤色偏黑，戴着一副无框眼镜，上身一件米黄色翻领短袖衫，脖子上围着一条水红色丝巾，下身蓝色牛仔裤，见到我们淡淡一笑，"早上好。"我们也回她早上好。王乐用手肘撞我一下，得胜一般让我看过去：王姐手上拿着的那本书，果然是一本诗集，普希金的。

　　其实按理来说，也不难猜。昨晚市委宣传部安排我们记者团游湖，上船之前，大家站在码头上围成一圈，领队小赵说："各位老师可能相互之间还不认识，请各自介绍一下自己的名字和供职的媒体。"大家开始轮流介绍起来，说得都很简略含糊，生怕其他人的目光在自己身上多停留一秒，轮到王姐时，她介绍自己叫王新艳，说了工作单位，"我的网名叫飞舞的雪花，大家都上博客吧？你们搜一下，就能看到我的作品——我是一名诗人。"我发现大家都跟我一样好奇地看了她一眼。她斜挎着包端正地站在我们中间，嘴角微微含笑。小赵立马回应，"王姐是我们省有名的诗人，在我们的省报上经常能看到她的诗作，大家有兴趣……"王姐忽然插话，"在《人民日报》上也发过——"小赵连连点头，"是啊是啊，王姐很厉害的……""《新华文摘》也转过我的作品。"王姐又补充了一句。

　　船开动了，绕着湖慢慢走。湖的一侧是广场，稀稀疏疏的人在走动，小赵忙解释说今天风大所以人少，如果是平时人头攒动，热闹得不得了；湖的另一侧是商业区，乍一看像是微缩版的曼哈顿，双子塔大厦灯火通明，细看过去楼里很多房间还是空荡荡的，小赵又解释说等着招商引资，未来会有很多公司进驻办公；大厦周遭稍微矮一些的大楼偶有亮灯的，除此之外大部分都浸没在夜色之中。风真大，吹得头发都竖了起来，忽然想起不久之前这里还只是一片草原，而今这个城市拔地而起，还来不及填满这么巨大的空间。

船舱里倒是热闹，一条铺着白布的长桌上，放着一溜烤好的羊肉串、鸡翅、大腰子，每人面前还放着一碗滚烫的酥油茶。招待我们的宣传部干事还给我们唱起了蒙古长调。吃饱了喝足了，小赵怕冷场，让我们也表演节目，唱歌跳舞都可以，大家都你看我我看你，忸怩地不肯动。小赵求救似的看向坐在我对面的王姐，"姐，你来表演一个节目嘛。"王姐忙摇手，"我不行不行。"小赵继续央求，其他的宣传部干事在一旁起哄，王姐红着脸，从自己的背包里掏出一本书，"如果大家不嫌弃，那我就给大家朗诵一首诗好了。"大家都说好。她站起来，翻开书页，扫了我们一眼，我们不由得正襟危坐起来。船舱里十分安静，偶尔传来浪打船舷的声音，还有岸边微茫的汽车喇叭声。她仰起头，身体挺直，一只手放在心口，开始了朗诵：

假如生活欺骗了你，

不要悲伤，不要心急，

忧郁的日子里须要镇静，

相信吧，快乐的日子将会来临。

朗诵至此，小赵的手机忽然响起，王姐停了下来，盯着她看。小赵小声地说对不起，拿着手机走出去说话，大概是领导又给她安排什么任务。现场一片沉寂，王姐没有往下念，等在那里。

放在桌子上的烤串都冷了，杯子里的酥油茶结了一层膜。手机显示有短信提醒，我想拿起来看，但在王姐的目光笼罩之下，不敢随意妄动。偷眼看大家，都跟我一样坐在那里发呆。一两分钟后，小赵通完电话后进来，"啊，大家怎么不说话？"才说着，碰到了王姐投过来的目光，立马识相地闭嘴。王姐继续往下朗诵：

心儿永远向往着未来，

现在却常是忧郁。

一切都是瞬息，

一切都将会过去。

而那过去了的，

就会成为亲切的回忆。

等了片刻，确定王姐朗诵完毕，小赵带头鼓掌："好诗，真是好诗！"大家也跟着鼓掌。小赵又说："王姐真是才思泉涌，写得真好！"王姐尴尬地说："这不是我写的，是普希金的名诗《假如生活欺骗了你》。"小赵"啊"了一声，又笑道，"普希金老师写得好，你朗诵得也好！他是在哪里工作？下回也邀请他过来参加我们的诗歌节。"王姐坐了下来，把诗集放回包里，"他要是能来，就见鬼了。"我们记者团的人一听哄堂大笑，小赵不明就里地看看桌子这边，又看看桌子那边，看我们笑，也跟着笑起来。

诗歌节马上要在下个月举办，届时市里会邀请国内外诗歌届大佬前来助阵，比如说×××，还有×××，对了，还有从瑞典英国美国来的×××××，因为我对诗歌几乎一窍不通，小赵一一罗列他们的名字时，我跟大家一样都是一脸茫然，唯有王姐频频点头，"见过见过！……啊，他也来啊，我们一起吃过饭的……那个××不来？我有她电话，叫她一声就是了。"小赵连连向王姐举杯，"到时候还要麻烦你了，你是圈内人，比我们懂得多！"王姐摇手，"哪里哪里，都是以诗会友而已。"小赵乘机又说："能不能请王姐给我们现场赋诗一首，好不好啊？"王姐忙说："哎呀，不敢不敢。"小赵连带其他几位负责招待的同事鼓掌起哄，"王姐，来一首！来一首！"我们开始有点儿迟疑，后来在小赵的鼓动下，都跟着喊："来一首！来一首！"王姐这才慢慢地站起来，脸微微发红，"哎呀，真是的……小赵啊你啊你……好，那我就献丑来一首——"小赵大声喊："好！"

王姐低头沉吟了一会儿，摇摇头，"不行，站在这里没有感觉，我得去那里——"她起身走到船舱的门口，又低头沉吟了半晌，摇头，"不行，我感受不到风。"说完，她走了出去，站在船头，风撩起她脖子上的丝巾。小赵说："王姐，外面风太大……"王姐伸手阻止，"别说话。"她环顾四周，手又一次放在心口，"有了……"她低头看向我们，"我诗的题目是《梦的船歌》。"

听啊，那是谁的歌声？
如此动听，
如此嘹亮。

她往船头的左边看看，我们也跟着往左看；又往右边看看，我们又跟着往右边看。

那来自四面八方的歌声，
充盈我耳畔的，
滋养我灵魂的，

在这一条梦的船上。

她双手撒开，像是要把我们都搂在怀里，小赵又要鼓掌，可还是忍住了。王姐眼睛炯炯有神地看向我们。

草原的风啊，吹了过来，
地上的水啊，晃了起来，
船上的人啊，醉了起来，
我们忍不住要歌唱，
是的，歌唱——

王姐捏住拳头，坐我边上的王乐差点儿笑出声，我用手肘轻轻捅了他一下，他才忍住。

歌唱美丽的草原明珠，
歌唱伟大的草原儿女，
你看啊——
天是这么的蓝，蓝得让人沉迷；
楼是这么的高，高得让人自豪；
是谁让我们拥有了这如梦一般的生活？
是谁？

王姐仿佛是在用质问的眼神扫射我们，见我们纷纷低头，又收回目光。

是——梦——想——的——力——量！

最后的几个字，王姐一字一顿，语气尤其坚定。

大家都在等着，王姐也在等着。过了半分钟，小赵试探性地问了一声，"完了？"王姐"嗯"了一声，小赵忙鼓掌，"好诗！好诗！"大家意兴阑珊地跟着鼓起来。风忽然猛烈地刮过来，船颠簸了一下，王姐"呀"的一声跌倒，小赵忙出去扶住她。王乐再一次要笑出声，我掐了他一下，他紧闭嘴巴，笑意像是滚烫的水顶着锅盖，噗噗往外冒。王姐有些狼狈地走到自己的座位上，小赵又撺掇其他记者团的人起来表演，没有人再愿意出头。船转完一圈靠了岸，广场上已经没有人了，一看时间才晚上八点钟。沿着广场走到马路边，已经有司机在那里等候我们。记者团里有个女记者赵莉感慨，"真安静啊。"抬头看去，宽阔的马路上没有车子，簇新的红绿灯寂寞地变换颜色，对面小区里的楼群黑压压地矗立，偶有零星的灯光点缀其中。王乐咕哝了一句，"难怪叫鬼城。"

2

吃完早餐，小赵已经在宾馆的大厅等候了。等我们记者团的人一聚齐，她便催着赶紧出发。出了宾馆大门，阳光毫无遮拦地泼洒下来，记者团里的女士们纷纷打起遮阳伞，小赵说："会议就在前面的大剧院举办。"她伸手指向不远处的硕大建筑，话音刚落，王姐率先往那边走，小赵忙说："我们坐车去。"一看，果然有两辆大面包车停在路旁。王姐说："这走两步就到了，何必坐车呢？"小赵笑说："怕大家走路过去太累了。"正说着，司机已经把车门打开，记者团的人都一一进去找好位置坐下。王姐摇摇头，"这真的是……太浪费了。"小赵过去挽住她的手，"姐，别这样了。咱们赶紧出发吧。"车上其他人也纷纷说："走啦走啦，这太阳太晒啦！"王姐没奈何，只好上了车，坐在我旁边。车子开动，沿着宽阔空旷的街道拐了两个弯就到了大剧院门口，大家又纷纷下车，王姐感叹了一声，"你看这不到两分钟就到了。"

进入会场时，里面已经坐满了人。放眼望去，基本上是本地各个政府机关的干部，中间空出的一排是留给我们记者团的。我们依次找好座位，王乐在我的左手边，王姐在我的右手边。主席台上坐着市委副书记、文化部领导，还有专门邀请来的几位全国知名学者，会议内容主要是围绕如何文化强市来展开的。

学者开始了冗长的发言，我扫了一眼四周，大家都在拿着手机刷朋友圈，王乐正在忙着玩"消消乐"，而王姐却在记笔记。我偷眼看了一下，字迹工工整整，一二三四五，每一条都密密麻麻写了很多字。我悄声说了一句："这个回头小赵会给我们发资料的。"王姐瞥了我一眼，说："他讲得很好啊，我很有收获。"我再看台上，那位学者正在论述第八条"如何打造城市的灵魂"。我一听，深感疲倦，这些老生常谈的东西不知道被说起过多少遍。

　　一分一秒如此漫长，王乐的手机也玩到没电了，只好转圆珠笔。而王姐听到会心处，还会发出"嗯嗯"声。几位学者轮流讲下来，三个小时过去了，到了交流的环节，台下陷入短暂的沉默之中。王乐喃喃念叨："不要提问。不要提问。"说着开始收拾东西，王姐却已经站了起来，"赵老师，久仰您的大名！"全场的目光投射过来，我坐在一旁，都不免脸颊发烫。因为离得近，我能感受到王姐的激动，她身子微微发颤，撑着桌面的那只手，像是放在滚烫的锅上抖动，另一只手拿着笔记本，"您刚才讲到文化兴市，讲得实在太好了！"她声音也颤了起来，"我们这里太需要文化了！做文化的人，在这里是寂寞的。"

　　台下"轰"的一下，大家一边看她，一边悄声说起话来，但王姐不为所动，"您说文化滋润一个城市的灵魂，我太赞同了！我们这里需要灵魂，需要诗歌，需要知识，但现在我们才刚刚起步，多需要像您这样的大学者过来指导我们。"台上的赵老师略显尴尬地问了身边的市领导几句，不安地扭动身体。王姐低头看了一眼笔记本，又接着说："在听您讲话时，我写了一首短诗，想献给您。"台上的主持人忙道："时间有限，要不您私下给赵老师，可以吗？"王姐没有说话，僵持在那里，市委副书记说话了："没关系，王老师是著名诗人，我们的日报经常能看到她的诗作，就念念吧。"

王姐翻本子时，手还在抖动，翻了一页后发现不是，又急忙翻下一页，会场里响起窸窸窣窣不耐烦的杂响，但是翻到她要的那页后，她镇定了下来，昂头挺胸，眼睛直视前方，声音穿透了那些细碎的声音，直达我们的耳里：

> 这里曾经黄沙漫天，从不见雨露；
> 这里曾经草木不长，从不见人烟；
> 是啊，这里只有风扫过，
> 是啊，这里只有鸟飞过。
>
>
> 可是你现在来我们美丽的城看一看：
> 那茁壮成长的，是我们高耸的大厦，
> 那倒映晚霞的，是我们宽广的湖泊，
> 那欢声笑语的，是我们敬爱的人民。

这是绿的城，是花的城，是笑的城。

它欣欣向荣，如春苗，需要我们精心的呵护；

它蒸蒸日上，如初阳，需要我们赤诚的热爱；

现在，我多希望它也是文化的城，

就让文化的乳汁喂养它，

就让文化的光辉照耀它，

哦，我美丽的城，也愿你有一个美丽的灵魂！

　　诗念完了，王姐站在那里，身体也不颤抖了，反而充满自信地挺直，用期待的眼神看向台上。赵老师挪动了一下屁股，手里拿着麦克风，窘迫地咳嗽了两下，"嗯"了一声，不知道如何开口。市委副书记率先拍起了巴掌，"好诗！"在场的人随即跟着鼓掌。"明天发到日报上。"市委副书记转身对身边的工作人员说完后，又鼓掌，"你们这些干部，要向王老师学习这种为城市建设的投入精神！"大家又鼓起了掌。王姐这才坐下来。

　　会议结束后，我们陆陆续续往外走。小赵兴奋地上前拉住王姐，"王姐，我太崇拜你了！"王姐摇摇手，"哪里哪里，就随便写的。"小赵依旧不放手，"你随便写的就能这么好，我们打破脑袋都写不出来。"王姐瞅了一眼我们，"别夸我啦，会让这些来自北京的朋友们笑话的。"小赵看向我们，嘻嘻地笑问道，

"你们说说，王姐写得好不好？"我和王乐一时噎住了，走在我旁边的女记者孙艳忙接口道："非常好，感情充沛，感人肺腑！"王姐笑而不语，跟小赵走到了前面。王乐沉默了片刻，瞥了孙艳一眼，小声问："你……真这么认为的？"孙艳笑笑，没有回答，随即走开了。两个司机早早打开了车门，站在路边等我们。王姐说："要不你们坐车，我还是走回去吧。"小赵愣了一下，扭头看看我们，"要不听王姐的，反正也没几步路……"大家都说好。

王姐兴致高涨，走在最前头。小赵跟孙艳等几个女记者打着遮阳伞跟在后面，我跟王乐慢腾腾地走在最后。王姐扭头说："你们听到鸟的叫声没有？"大家一愣，都说没听到，王姐笑笑，"你们在城市里住久了，耳朵生锈了。这鸟叫声，在很远的地方，要用心听，才能听得到。"王乐咕哝了一声，"我只听到肚子饿得咕咕叫。"我一听笑出声，见王姐看过来，连忙忍住。风吹来，王姐又："你们闻到花的香气没有？"大家又一愣，有说闻到的，有说没闻到的，王姐点点头，"你们看，花在那边——"随着她指的方向看去，剧院广场上的花盘拼成五瓣花朵状，"这都不是自然的。要去大草原的深处，等春天来的时候，百花盛开，躺在草地上，花香扑鼻……"正说着，已经到了宾馆的门口。王姐又问我们，"走一走是不是感觉好很多？"大家随口说是，连忙进了开了空调的宾馆大厅。

过了一会儿，市电视台的记者过来找王姐去做采访。午饭王姐也没有跟我们一起吃，听小赵说，市委副书记派人接她过去跟那些文化学者一起用餐。我和王乐在房间把写好的新闻稿和拍摄的宣传照片发给总部后，闲来无聊刷本地的网页，王乐指着电脑屏幕，"你上新闻了！"我说怎么会，凑过去看，硕大的新闻标题跳入眼帘："草原百灵鸟歌唱美丽城"。王乐高声念下面的文章，"她声情并茂的朗诵，感染了在场所有的人……"新闻中间配上了图片，王姐正拿着本子深情朗诵诗歌，而坐在她旁边的我也入镜了，眼神呆滞。王乐哈哈大笑起来，"你真给王姐面子！"我上前把新闻页面关掉，"你还说我，你一直在打哈欠好不好？"

　　下午按照小赵的安排，参观新建的博物馆，没看到王姐，大家都松了一口气。好像每一个博物馆都差不多，从旧石器时期到蓬勃发展的新时代，一路看下来，索然无味。逛完博物馆，去宾馆吃完晚饭，大家各自散去。我吃得太饱，在房间里坐不住，邀王乐出去逛逛，他撇撇嘴，"就这鬼城，你也敢逛。你也不看看窗外，都一片漆黑好不好？吓也要吓死。"没奈何我只好自己下去，出发前王乐又补了一句，"你十二点之前没有回来，我就报警了啊。"我没理他，下了楼，出了宾馆大门，深呼吸了一口气，空气凉爽，风虽然大，却也不冷。"你也下来了？"是王姐的声音，她已经换上了葡萄紫色夹克衫，搭配苹果绿围巾，伸展双臂，做扩胸运动，"要不要去散散步？"我想起王乐之前说的话，略有迟疑，王姐已经往前走了，"走一走，有益健康。"我只好跟着她去了。

路旁的树都是新栽的，瘦瘦弱弱的树干顶着一小蓬树冠，在风中抖抖索索地翻动几片树叶。树丛之下是黄土，毕竟干旱少雨，连草都只是零零星星的。路两边的楼群都是新的，六层高，有欧式立柱小阳台，还有落地窗，可惜住户实在太少，看起来颇为萧索。风从楼群之间灌过来，撞在脸上有些生疼。阵阵凉意袭来，我感觉裸露的胳膊起了鸡皮疙瘩。王姐目不斜视，径直往前走，我紧赶慢赶才勉强跟上。穿过楼群，道路两旁是往前无限延伸的空地，王姐停下来，等我气喘吁吁地过去，她笑问道，"是不是累了？"我说有点儿。再次往前走，她放慢了脚步，跟我并行，围巾的一角被风撩起，一掀一掀。

"我每天都要快走十公里，今天这点儿路不算什么。"我吃惊地感叹了一声，她接着说，"习惯啦。我以前在镇上做会计，晚上回家，别人骑车，我就不骑，喜欢沿着公路走。我喜欢草原的夜晚，太阳落山时，跟车轮一样大，看着它一点点地被远山吞没，空气一点点凉了，巨大的月亮升了起来，我经常惊叹得说不出话来。"我抬头看天上，月亮此时隐没在薄云中，温润的月光洒下，"你是那时候喜欢上写诗的吗？"她看了我一眼，笑着摇头，"那时候还没有呢。我们那个乡下，哪里有书看？更别说诗集了。后来我被单位派去呼和浩特进修，很偶然的机会在书店翻到一本普希金的诗集，一下子就喜欢上了，我觉得以前隐藏在内心的感受，都被他的诗句激发了出来。后来我又找了很多俄国诗人的诗来读，什么蒲宁啊，莱蒙托夫啊，马雅可夫斯基啊……"

她沉吟片刻，我以为她要背诵她看过的那些诗，但她却抬头羞怯地看了我一眼，"小邓，你觉得我的诗写得怎么样？"我迟疑了一下，说："我不懂诗。"她点点头，"你们是从北京来的，见过大世面。我们小地方的人，眼界都很小，诗写出来，其实身边的人都不懂的。"我说："怎么会？今天市委副书记不还夸你写得好吗？"她扬起手止住我的话头，"得到他的肯定，当然是高兴的，但还是需要有专业的人士帮我看看才行。"她顿了片刻，又说："我其实知道你们对我的诗的看法，顶多是打油诗，也不美，甚至还有歌功颂德的嫌疑……"我忙说："没有没有，我们哪里敢这样想。"她笑笑，"你，还有王乐，当然可能还有其他记者团的人，我能感觉到你们的态度，只是不说罢了。"我待要否认，她摇摇头，让我不用解释。

不知不觉走到了昨晚来过的湖畔，湖水深幽，游船停在码头，有人坐在那里拉手风琴。我们听了一会儿，王姐说："《莫斯科的郊外静悄悄》，好久没听了。"广场上有零星的人走动，都缩着脖子，一只风筝还悬在天上，没有人来收。我说："昨天王姐在船上朗诵的那首诗，我还记忆犹新呢。"王姐略显尴尬地摆手，"都是逢场作戏了。没人活跃气氛，总得有人出头。你们小年轻，脸皮薄，还是我来出丑合适。"我们沿着湖畔继续往前走，她双手抱在胸前，可能也感觉到了冷，"我在呼和浩特学习时，尝试写了一些诗，有一次吃饭，认识了一个我很喜欢的著名诗人。"王姐说这个诗人名字，我没有听说过，"他看完我的诗后，觉得我写得很有灵气，且充满感情，经过他的推荐，我的诗作开始发表在各种诗歌杂志上，没有他的鼓励和支持，我恐怕很难写下去……"她停一下，忽然大起声来，"那些发表的诗跟我这两天现场写的诗不一样，它是属于我个人的诗，在我的博客上都有，如果你想看的话。"我客气地说一定去拜读，她兴奋起来，"如果你看了，一定要告诉我你真实的看法，可以吗？"不等我回答，她又忙说，"还是不要看了，真的真的，写得太幼稚了，会让你笑话的！"一说完，她就急急地往前走，像是要甩开一件非常羞耻的事情似的。

夜渐渐深了，广场上看不到一个人，拉手风琴的也走了，只有呼呼的风声。我们往宾馆的方向走，王姐嘴里小声地念着什么，我听不清楚，只好问："你在跟我说话吗？"她回过神来，尴尬地笑了一下，"哦，没有。"我们继续沉默地往前走。不一会儿，王姐又小声地念，我忍不住又问："王姐，你在念诗？"她像是做一件极私密的事情被发现了，脸上露出羞涩的神情，"真是不好意思，我散步的时候经常会念诗，让你见笑了。"我忙说没有，问她念的是谁的诗，她神情严肃起来，"你要想听，我念给你。"见我点头，她一下子来了精神：

风暴吹卷起带雪的旋风，

像烟雾遮蔽了天空；

它一会儿像野兽在怒吼，

一会儿又像婴孩在悲伤。

我们来同干一杯吧，

我不幸的青春时代的好友，

让我们借酒来浇愁；酒杯在哪儿？

这样欢乐马上就会涌向心头。

......

她看向我好一会儿，我这才意识到她已经朗诵完毕，忙鼓起掌，"写得真好！"她手掌举起，往空中朝下划了一下，"少来！你不知道这是普希金的诗？"我摇摇头，她略显失望地再问一遍，"真不知道？"见我再次摇头，她有点儿失落地说："我还以为普希金你们比我更熟悉一些。"我忽然涌起一阵愧疚之感，又不知说什么好。她沉默片刻，小声地说："这首诗叫《冬天的夜晚》，是普希金一八二五年创作的，献给他的奶娘阿琳娜·罗季昂诺夫娜。普希金这个人你了解吗？"我说："只知道他是个著名的大诗人，其他就不太知道了。"她宽容地笑了一下，"他被流放过，后来又被沙皇下令软禁于他父母的庄园，哪儿都不准去，陪伴着他的只有他的奶娘。在一个下雪的冬天夜晚，普希金写了这首诗给他的奶娘。我每回背诵这首诗，总能想起这个场景，心里特别感动。我们内蒙古，一到冬天经常暴风雪，待在家里哪里也去不了，读这首诗，我就感觉坐在普希金和他奶娘身边，心里又难过又温暖……"见我没有说话，她拍了一下手，"哎呀，我真是太话痨了。你听烦了吧？"我忙说："哪里哪里，我很喜欢听你说这些。"

走到宾馆门口，我们都停了下来。整个宾馆灯火通明，两个门童立在门口打起了哈欠，雪亮的光浪从大厅倾泻而出，拍打到我们身上来。我准备往里走，"那王姐明天见。"王姐没搭话，抬头看天空，"你看月亮多美。"我随她的手看去，纤薄的云层之中，莹白的月半遮半露，云在飞动，月晕洇在碧蓝的天幕上。我忍不住"哇"的一声，看了一会儿，王姐说："天冷了，你先上去休息吧。"我说好，扭身往里走，她却没动。我叫了一声她，"你不回吗？"她笑笑，"你先回，我再看看。"她指指天。等我回到房间，王乐从床上跳起来，"你再不回来，我真要报警了！"我笑道："哪里有这么夸张。"他指着墙壁上的钟，"你看几点了——"我抬头一看，惊讶道，"没想到十一点了。"王乐探过头来问，"没碰到女鬼吧？"我翻了他一个白眼，"遇到了，大战了三百回合。"王乐嘻嘻笑，"难怪你头上有股黑气！"我走到窗边往下看，王姐站在宾馆的停车场上，还在看天。王乐说："怎么？女鬼在下面等着你？"说着也要过来看，我猛地把窗帘拉上，"哪里有？睡觉了！"

3

接下来的几天可谓忙乱，少数民族工艺品展览会，省书法家作品展览会，草原文化促进座谈会，还有一系列的活动，都需要我们记者团到场出席，会后又要赶稿和整理活动照片，北京总部专门开辟了一个专栏等着我这边填充内容。虽然在出发去会场时都能碰到王姐，也就点头微笑一下，然后各自忙着看小赵发给我们的材料。小赵已经忙到一周没有回家了，她跟我们一样住在宾馆，每天一大早等我们人到齐后，急忙催着大家上车赶去会场。在一场会结束后，我们又一次坐上车子往科技馆赶去，那里有一场城市科技研讨会。小赵把材料依次递给我们，到了王姐那里，王姐让她等等，然后从包里拿出一盒金嗓子来，"你看你嗓子都哑了，正好我有一盒。"小赵捏着盒子，"哎呀……这个……王姐，你真是……这个……"王姐笑着摇摇手，让她不用再说了。

忙到最后一天，下午是自由活动时间，记者团里有些人跟着小赵去老市区买羊毛衫和土特产，而我和王乐都觉得太累，便待在房间里打游戏。到了下午五点，天慢慢黑了下来，我问王乐晚饭打算怎么吃，他看了一眼窗外撇撇嘴，"外面有餐馆是开的吗？你不记得那天我们来，中午十二点，街上店铺都关着门！"正说着话，听到敲门的声音，我打开门一看，是王姐站在那里。她问我们要不要一起去吃晚饭，我还没说话，王乐在里面回应，"这里什么都没有啊！"王姐笑出了声，"你们跟我走就好了。"跟我们一起的，还有另外三位没有去老市区的记者，都是王姐一一叫上的。我们走在空荡荡的大马路上，没有一辆车，街灯投下一团团暖光。王乐深呼吸一口气，"空气倒真是好。我刚才看了一下，今天这里的 PM2.5 值是 8，等级居然只是良，这要在北京早就是优了！"王姐回头笑道："这个你记得在新闻报道里多写一笔。"王乐打趣道："标题就叫：欢迎来鬼城，空气一级好。"话语刚落，大家都笑了，唯独王姐平静地瞥了王乐一眼，没有说话。

走了大概十分钟，到了城市的西边，绕过一个小区，到了一条街上，大家站在街口，齐声感叹，"好多人！"一眼看过去，百来米长的街道上一排饭馆，街边架起了很多烧烤摊，烟雾缭绕之中烤肉的香气扑面而来，一排排小桌子都围满了人。说是很多人，其实也没有到人头攒动的地步，只是这些天放眼望去都是空旷的街道和广场，乍一见有了喧闹的人群，还有些不习惯。王乐指了右手边，"超市还开着门！"大家又是一笑。王姐带我们继续往前走，"吃烧烤，好不好？"大家齐说好。找了个摊位坐下，点了羊肉串、烤韭菜、烤茄子、麻辣鸡胗、卤味花生，要了几瓶啤酒，大家开吃。有一个记者感叹："我还以为这是座空城呢，没想到人都在这边。"大家都说是，王姐笑道："这是最先开发的地方，所以人多。你看看那些楼——"她往远处那些没有亮灯的小区指去，"以后都会慢慢有人入住，渐渐就会有人气了。"王乐插嘴，"都好多年没人住了吧。"我悄悄碰了一下他，让他别说话。王姐立马接口说："所以就希望你们多多宣传哪！你看这么好的地方，空气清新，环境优美，房价也不高，你们这些从京城来的大记者多说些好话，肯定会有很多人来。"大家点头说一定一定，王姐高兴地举起酒杯，"来来来，我敬大家一杯，就拜托大家了！"

酒喝得正酣时，隔壁桌传来歌声，几个中年男人举着酒杯高声唱着《鸿雁》。王姐笑道："我们这里的人就是这样，喝高兴了就想唱出来。我们也来唱歌吧！"她兴奋地环视一周，见我们都说不会，她拍拍手，"不要害羞嘛，我也不怎么会唱歌！来来来，《蓝蓝的天上白云飘》会唱吧？"见我们摇头，她举起酒杯，"那我献个丑，给你们唱一下。你们要是想起来怎么唱的，跟我和上就可以了。"她清清嗓子，随即就唱了起来，真没想到她的歌声这么清亮，隔壁桌的人都不唱了，纷纷看过来。她唱歌时，闭着眼睛，酒杯放下，两只手在空中轻轻舞动，像是在指挥一个合唱团，渐渐地有隔壁桌的歌声加入进来，很快第三桌也加入了，我们这一桌迟疑地看看彼此，逐渐也跟着唱起来。一首唱完后，大家纷纷鼓起掌，王姐这才睁开眼睛，向隔壁桌的挥挥手，"吃好喝好！"隔壁桌的呼应，"吃好喝好！"等王姐转头过来，我们都忍不住夸："王姐唱得真不赖！"兴许是酒喝得有点多，她脸颊都红了，"哪里有，五音不全，你们不要笑话我。"

　　酒喝到第二轮，一辆面包车停到我们边上，车门打开，小赵冲了出来，见到我们后松了一口气，"可算找到你们了，快把我急死了！"王姐忙问怎么了，小赵拉起她的手，"市领导要为你们设宴饯别，你们倒是自己吃上了。打你们电话，也没人接。"我从口袋里摸出手机，果然有几个未接电话。王姐说："我们都在这里快吃饱了，就别让领导费心了吧。"小赵催着我们上车，"王姐，领导点名要见你呢！走走走，我们赶紧过去。"王姐让小赵等一下，她叫来老板要结账，不管我们怎么说要 AA 制，也不管小赵说她这边来付账还可以报销，"这一顿我一定要请你们！太高兴认识你们了！"结完账上车，小赵让司机加快速度往那家五星级酒店开去。酒确实喝得有点多了，身子发沉，脑袋发烫，把窗子开了一小道缝，夜风如刀切进来，人略微清醒了些。

王姐凑过身，递过来一瓶水，"喝一点儿水，看你有点儿上头了。"我把水接过来，待要谢她，她已经给其他的人递水了。

宴会厅做成蒙古包的样式，空间很大，摆上一张大圆桌，迎面壁上挂着一代天骄成吉思汗的画像。烤羊腿、羊肉串、功夫鱼、羊肉汤、石磨豆腐、铁板腰花、酸菜排骨，摆了满满一桌。之前跟小赵一起去老市区的记者们已经坐下，坐在主座上的宣传部领导吴处见我们进来，笑容满面地招手，"快坐快坐，各位大记者辛苦了。"小赵连忙跑过来，把座位一一拉开，方便我们坐下。王姐说："实在是抱歉，让你们久等了。"吴处立马起身，跟王姐握手，"哪里哪里，久仰久仰。王老师的诗作连市长看了都夸好。来，我敬你一杯。"说着举起酒杯，小赵过来给王姐的杯子满上了白酒，两人碰杯，一干为敬。大家都夸王姐好酒量。紧接着宣传部的其他干事都上来给王姐敬酒，王姐都来者不拒，一一喝完。我正好坐在她左手边，等她干完酒落座后，我见她从额头到脖子都是通红的，便小声问，"你没事吧？"她迷蒙地看我半晌，才反应过来，"噢……噢……没事儿。"我给她舀了一碗汤，让她喝一点儿。她正要喝，又有文化局的人来敬酒。

文化局来的是张局，她刚从另外一个饭局赶过来，进门时已经能感觉到她有点儿微醉了。吴处说："你看你来晚了，自罚三杯！"张局接过小赵递过来的酒杯，二话不说三杯已经下肚，紧接着打通关，小赵在她身后负责倒酒，而她准备依次跟酒桌上每一个人都干一杯。坐我左手边的王乐喷喷嘴，小声地说，"内蒙古的人真能喝。"我偷眼看王姐，她靠在椅背上打盹，显然已经不胜酒力了。张局跟我们喝过酒后，走到王姐这里，小赵拍拍王姐的肩头，"王姐！王姐！"王姐软软地"哎"了一声，勉强睁开眼一看，"哎！哎！张局！"说着起身站起来，身子却不听使唤，要往下倒，被小赵一把扶住，张局也醉得差不多了。她扶着我的椅子，嘻嘻地笑道："大诗人！哈哈，大诗人！"王姐忙说不敢不敢，张局把酒杯递到王姐面前，"来，一定要好好跟你喝一杯！我……我喜欢你写的诗作！你们大家说，王大诗人写得好不好？"见大家齐声说好，她接着说："我有一个小小的请求——"她环视大家一圈，笑了笑，"让大诗人给我们现场赋诗一首，怎么样？让我们见识一下大诗人的风采！大家说好不好？"大家又齐声说好，王姐哎呀哎呀地连叫几声，"那怎么好意思？"张局"哎"了一声，"瞧不上我们是不是？嫌我们不够级别是不是？"王姐忙摇手，"哪里敢哪里敢！"

在大家的鼓噪声中，王姐跟跟跄跄地走到台前，拿着小赵递给她的麦克风，"那我就献丑了。"大家又一次鼓掌。王姐低头酝酿，大家安静下来看着她，唯独坐在吴处旁边的张局还在咯咯笑着，酡红色的脸在灯光照耀下分外发亮。王姐迟疑地看了一眼吴处，吴处微笑地扬扬手让她开始。

告别，是一杯陈年的酒，
告别，是一首悠扬的歌，
告别……

"好！"张局鼓起掌来，"好诗！"她把酒杯蹾在桌子上，"小赵，再来一杯。"吴处阻止了小赵，悄声说，"张局，你要不先歇一歇？等王老师把诗朗诵完？"张局抬眼看了一眼吴处，又看了一眼王姐，举起手，"不好意思，你……"她打了一个酒嗝，"继续。"王姐也有些站不稳了，靠在墙上，抬眼见大家都还看着她，便又笑了一下。

告别，是一段难舍的情。
相处的日子，如飞马一样奔驰而去，
快乐的时光，像泉水一般汩汩流淌，
……

服务员这时候推门进来，端上刚烤好的羊排，香气直扑，大家的注意力一下子都给吸引了过去。小赵张罗着给大家分，有的说要一小块就好，有的吃饱了推辞不要，有的盘子已经堆满骨头想换个盘子。王姐的声音弱弱地传了过来，"那个……你们还要听吗？"大家这才意识到王姐的诗还没朗诵完，都忙说："听！听！王姐您继续！"王姐身子颓了下来，麦克风像是特别烫，在她的手中转来转去。

爱是无言的……爱是……

王姐梗在这一句里。她低头看自己的脚，嘴里喃喃念着"爱是……"，但大家并没有在意，邻座之间开始窃窃私语。张局和吴处低声讨论着什么，忽然放声大笑起来，大家都抬头看她，她又忍住了，"抱歉抱歉，我自罚一杯！"说着拿起酒杯一饮而尽，喝完后迟疑地看了一眼对面，"王姐，你这是……哦哦……念诗！"她拍拍自己的头，"我真是喝糊涂了！哎哎哎，大家注意力集中一点哈，王姐你继续。"王姐身体感觉缩小了一号，嘴角挂着干干的笑意，眼睛里却一点点湿润起来，泪水忽然涌出。大家都有点儿吓到了，小赵急忙过来，"王姐……王姐……你……"王姐摇摇手，"没事没事……不好意思……"她扭身跟跟跄跄地推开门往外跑，小赵跟在身后。我也想起身去看，但张局和吴处都在，便不太好意思动弹。局面一度尴尬起来，吴处咳嗽了几声，"嗯……王姐可能是喝醉了……小赵会照顾好她的……来来来，我再敬大家一杯。"张局也应道："来，走一个！"大家都呼应起来，举起酒杯。又喝了一巡，小赵进来，说已经送王姐回宾馆休息去了。张局点点头，笑道："诗人，都是情感非常丰富的，王姐肯定是心里特别舍不得大家……"大家都齐声说是，新一轮敬酒又开始了。

饭局结束时，已经晚上十一点了，大家跟我一样，都喝得五迷三道的。回到宾馆，吐了几回后，人才勉强缓了过来，草草洗了个澡，倒头便睡。第二天是被小赵打来的电话叫醒的，她催我们赶紧收拾好行李，离飞机起飞的时间不是很多了。大家在大厅集合，小赵安排两辆面包车，送我们去机场。有人问小赵："王姐人呢？"小赵回道："哦，我都忘了。王姐让我代她向大家说声抱歉，她已经坐火车回呼和浩特了，来不及跟大家告别。"大家"哦"了一声，又聊起别的话题。我还没有从昨天的酒劲儿里缓过来，兴致低沉，转头看向窗外，车子开过那天晚上我跟王姐散步的那条马路，紧接着沿着湖边公路行驶。我打开窗，风呼地扑打过来，湖面上涌动着层层波浪，小赵也凑过来看，"等到了冬天，就可以在湖上面溜冰了。到时候欢迎你们再来！"坐在后面的王乐咕哝了一句，"到时候估计要冷死。"小赵没有再说话。

回北京后，记者团也就解散了，各自回到自己的工作单位，相互之间也没有什么联系。我做了一期"草原明珠"专题，算是为这趟出差做个收尾，之后又被派到江西出差去了。忙了大半个月，等我回来时，前台把我叫住，递给我一个大礼盒，里面放着各种包装好的奶制品，另外还有一本崭新的《普希金诗选》。翻到扉页，最上面画了一个圆圈，不知代表月亮还是太阳，下面一条蜿蜒的小路，走着一个小小的人，再往下有一行秀气的字：愿普希金的诗歌照亮你的人生之路。落款是王姐的名字，旁边缀上一个写意的笑脸，看到这里我不禁笑了起来——对我来说，也许这才是王姐写得最好的一首诗吧。

迷路火光

1

　　大四上学期，学校安排我们去各个县市的高中实习。很幸运，我被分到了本地的重点中学一中。负责带我的是该校的教务主任蒋老师，他穿着藏青色西服，戴着黑色方框眼镜，嘴角紧抿，看人时眼睛定住，停留的那几秒钟，仿佛能把人看透。当时我就站在他对面，心里很是紧张，不由得稍稍退后了一点儿，才鼓起勇气跟他作自我介绍。我高他一个头，能看得到他精心染过后的头发露出的白色发根，还有洁白的衬衣领子。等我介绍完，他重重地"嗯"了一声，随手夹起一卷语文模拟试卷，"那你跟我到高一（三）班去。"我们一起走出办公室，校区安静得只听到风的声音，操场上几只麻雀啾啾地蹦跶，我们走过去时，它们哗的一下逃到女贞树上。快到教学楼时，蒋老师回头说："高中生不好管，如果做老师，你要在他们面前树立起威严来。"我连忙点头说是。

刚一进高一（三）班的教室门，气氛陡然肃静起来。蒋老师缓步走向讲台，把卷子轻轻搁下来，抬头环视教室一周。我也跟着他看过去，大约五十多个学生，清一色穿着浅蓝底色的校服，课桌上都放着厚厚一摞教科书。蒋老师说："今天在上课前，给大家介绍一下你们的实习老师。"大家的目光一下子都聚焦到我身上，我有点儿后悔没有好好拾掇一下，又想摸摸自己的衣领是不是都翻了过来，但我忍住了，挤出一个笑容来。蒋老师让到一边，请我上来作自我介绍，我紧张得呼吸都不顺了，开口说话时，台下的目光让我心跳加速，连自己都不知道说了些什么。好不容易介绍完，一时间教室里安静得可怕，蒋老师"啪啪"两声掌声，同学们这才开始跟着鼓起掌来。

按照之前带队老师的介绍，实习第一阶段是旁听资深教师讲课。我拿着笔和本子坐在教室的最后面，这次蒋老师给同学们讲模拟试卷。正好是期中考试刚过，语文考试排名出来，全年级七个班，高一（三）班排第五，这让蒋老师脸上挂不住。他一张张地发试卷，念一个名字，相应的那个同学就起身上前拿试卷，他再盯着那个同学念出分数。同学们都默不作声地接过试卷，垂着头返回座位。"张清宇。"蒋老师念到这个名字时，坐在最后一排中间位置的男生站起来，大跨步地往讲台走去。蒋老师冷冷地打量了他一番，"七十三分。"张清宇接过试卷，转身就走，他看起来身高有一米八，校服套在他瘦削的身上显得松松垮垮，裤子短了一小截，露出脚踝，看样子没有穿袜子。还没到座位上，他已经把试卷团成一团扔到桌上。我紧张地看了一眼讲台上，蒋老师正把试卷给另外一位同学，应该没看到这一幕，我松了一口气。

发完试卷，蒋老师又往教室里环视一周，连我都能感受到那份眼神的重压。他用手指关节敲敲讲台桌面，"你们好意思吗？啊？你们说——好意思吗？"他把试卷拿起来，"第八题我是不是给你们讲过？怎么还有这么多人做错？还有这个阅读题，我是不是跟你们说过要学会审题？你们脑子呢？忘家里了？啊？我是不是说过很多遍了？审题！审题！"教室里没有一丁点儿声响，窗外操场上，升旗绳子一下一下打着不锈钢旗杆，发出"当当"的撞击声。蒋老师开始一一讲题，我坐在最后，同学们的一举一动我看得分明，大家都在试卷上沙沙写着字。唯独坐在我前面的张清宇手中转着笔，一直在抖腿，那张被他团起来的试卷他也打开摊在桌子上，但试卷下面露出了半截摊开的书页，每看完一点儿试卷会往下拉一点儿，看完一页后，等着，蒋老师一转身，他火速把书翻到下一页。直到整堂课上完，他已经看完了十来页。

上完课后，蒋老师交代完我之后要做的事情，就让我回去休息了。学校给我们实习老师每两人分配一间宿舍，跟我一间宿舍的是来自英语系的桂云峰。我们拎着学校发的开水瓶，去开水房打水。一边走，一边感受到有零星的目光投射过来。等到了开水房，打水的队伍一路延伸到了食堂门口。我们走到队尾排队，前头打好开水的同学已经往回走了，快走到我们这里时，忽然煞住脚，相互之间细声细气地叨咕了几句，再看我们一眼，又都羞涩地笑起来。忽然听到有人喊，"邓老师。"桂云峰拍了一下我的手臂，"有学生叫你呢。"我这才反应过来，抬头看去，是一个我不认识的女同学。她拎着红色的开水瓶，向我这边招了一下手后走开，紧接着不断地有学生过来喊我和桂云峰"老师"，我们有点儿应接不暇，同时又隐隐升起了作为老师的自豪感。有同学跑过来说，"两位老师，你们直接去打水吧！不用排这么长时间的队。"我们谢了他的好意，还是坚持排队。

队伍一点点地缩短，我们后面相应地也排起了长队。同学们都说着话，说着说着放声大笑和打闹，这个场景我由衷地喜欢。桂云峰又拍拍我，"你看那个学生，倒是奇特。"我顺着他手指的方向往前看，有个高瘦的男生一手捧着一本书看，一手拎着绿色开水瓶。我想起来了，这不是张清宇吗？他跟前面的人隔了一段距离了，但他没有发觉，直到后面的人推了一下他，才反应过来，赶紧往前走了一步。等到他打开水时，开水瓶放在水龙头下面。他依旧拿着书看，等到水从瓶口满溢出来，都没发觉，直到后面的人又一次提醒他。打好了开水，他拎着开水瓶，转身往我们这边走来。我很好奇他在看什么书，看得这么入迷。

等他走近时，我叫了他一声，"张清宇。"他没反应，我又叫了一声，他抬头讶异地看了我一眼，"唔……邓老师？"我笑着点头。他把书塞到口袋里，走过来。等他靠近，我心想他真是高，看他还得仰着头。他抓着开水瓶的提手，直直地看着我。我这才想起是我叫他过来的，便问他看的什么书。他从口袋里掏出书递过来，我一看是加缪的《局外人》，应该翻过很多遍了，书页都卷了起来。我翻看了一下，书的空白处写满了他的读书心得，字迹清隽有力。想着他恐怕也不想别人看他写的内容，我又把书还了回去，"加缪我很喜欢。"他脸上露出欣喜的神情，"是吗？"我点头，又说，"他的剧本也写得很好。"他立马回应道，"我喜欢他的《卡利古拉》，还有《戒严》！"他的声音很大，周遭的同学都看了过来，但他不介意，"对了，还有《正义者》！"我还想再聊一下，桂云峰这时拍拍我，"该往前走了。"我一看，前面果然空了一大截，只好歉然地跟他说："嗯，我这边……"他挥了一下手，"老师你打水，下回再找你聊。"说完微微鞠了一躬，转身走开。等我往前跟上队伍，再转头看他，他到了食堂门口，又一次拿出书来看。

下午又是坐在教室后面听课。上课铃响起，我直接推开教室的后门进去，张清宇回头，冲我笑了一下，我也回笑了一下。上午的试卷还没有讲完，蒋老师接着一道题一道题地分析。由于是下午第一节课，我困得几乎睁不开眼，又怕蒋老师看到，只好强撑着靠在墙上。我看到有些同学也是困得不行，把书竖起来，低着头偷偷地打哈欠。我再一次看张清宇，他手撑着脸，笔在本子上划拉来划拉去。他头发长到了脖颈处，乱糟糟的，能看到零星的头皮屑。蒋老师讲到最后的作文，又一次拍起了桌子，"讲了多少遍了！写作文是写作文，不是搞文学创作！"我一下子吓清醒了，蒋老师的目光射了过来，我以为自己打盹的事情被他发现了，正深感难堪，他却叫了一声，"张清宇！"张清宇很不情愿地站起来后，他接着说，"我跟你说过没有？"张清宇小声地咕哝了一句，蒋老师又一次大声问："说过没有？！"张清宇捏着笔，小幅度地戳着本子，"说过。"话音刚落，蒋老师立马接过话头，"说过你还屡教不改！"他手指连连点讲台上的试卷，"题目是追寻梦想，我是不是跟你们说过要学会扣题？"

接下来的时间，蒋老师详细分析了何为追寻，何为梦想，如何扣题，得分点又在哪里。"你们要多写正面的例子，我平时给你们讲的那些先进人物，这个时候就可以用上啊。"张清宇依旧站在那里，撇过头看窗外，我也跟着看过去，窗外一蓬白云停留，远远地一两粒小人在校门口走动。"张——清——宇——"蒋老师的叫声把我们都拉了回来，"你把你的作文念念看。"张清宇没有动，蒋老师又说了一遍，他还是没有动。"刘琦，你把他卷子拿起来念。"蒋老师指了一下张清宇的同桌，刘琦迟疑地站起来，瞥了一眼张清宇，小心翼翼地把手伸过去，刚碰到试卷，张清宇猛地挥起手作势要打，刘琦迅速把手缩了回去，抬头看台上。蒋老师虎着脸，马上要发作的神情，可能是碍于我坐在后面，只是淡淡说了一句，"下课后到我办公室来。"也没有叫张清宇坐下。

上完课，出了教室门，蒋老师大跨步地往备课组的办公室走去，我跟在后面。他没有说话，我也不敢多说什么。办公室里的几位老师正在说着闲话，蒋老师一进去，他们刹那间都沉默了。蒋老师把教材和试卷搁到办公桌上，坐了下来，取下眼镜，双手把头发往后抚，露出疲惫的神情。陆陆续续有上完课的老师走进办公室，本来说说笑笑的，一进来看见蒋老师，也都静默地走向各自的办公桌。我站在一边，走也不是，不走也不是，扭头看门外，张清宇慢慢地走过来，在门口停了一下，老师们都抬头看他，他又继续往我这边走，我冲他点点头，他又笑了一下，叫了一声"邓老师"。他尖瘦的脸上分布着一些青春痘，薄薄的一层胡须之下，嘴唇微翘，长长的手臂垂下，让我莫名地想起刚下树的猿来。

他走过来，蒋老师闭着眼睛，没有理会。沉默像是凝结成块，压在每个人的头上。最后还是我没忍住，"蒋老师——"蒋老师睁开眼睛，看了我一眼又收回，目光始终没有落在张清宇身上，"我现在说疲了。"说着从抽屉里拿出一摞书，我偷瞄了一眼，有张爱玲、钱钟书和托尔斯泰等人的书。"你喜欢写作，这个很好。

但是你先要考一个好大学，才能有个好前途。我是不是说过很多遍？"这时候他才抬起头，盯着张清宇看，"这些作家写得好不好？好！但是现在写作文要不要学他们，我觉得太早。你考试就是要得分数，不能任着自己瞎写。我是不是说过很多次？"张清宇始终没有回应，低着头看地。"小邓，你是大学生，你说我说得对不对？"蒋老师忽然转向我，我一时语结，"嗯……这个……要不我先看看他写的文章？"蒋老师略显讶异，沉思片刻，"也行。张清宇你听见没有？你把你写的给邓老师看看。"张清宇没有说话。

2

晚上下起了雨，玻璃窗上一层水汽。路灯亮起，女贞树油绿的叶片上流淌着光珠。小风吹拂，打着雨伞的学生匆匆地往教学楼赶去。我走到高一（三）班门口，教室里嗡嗡作响，同学们有的在做作业，有的交头接耳。晚上是三节语文晚自习，蒋老师让我过去代班。我一进门，大家齐刷刷地看我，隐隐中能感觉到他们的兴奋。我冲他们笑了笑，"你们好好自习。"他们也乖乖地看起自己的书来。我坐在讲台上，看着他们，每一张堆满书本的书桌后面都是一张青春稚嫩的脸庞，不由得想起自己当年读高中时的情形。教室门没有关上，磕托磕托地碰着门框，我走过去正待关上，忽然见到张清宇跑过来。他没有打伞，头发和身上都淋湿了。见到我，他停在走廊上，小声地喊了一声，"邓老师。"我点点头，"快进来吧。"他说："我有东西给你。"说着递给我一包用塑料袋包裹起来的东西。我问他，"这是什么？"他眼睛微张，"你不是要看吗？"我把东西接过来，他转身跑到后门那边进去了。

我又重新坐在讲台上，把塑料袋打开，里面似乎是用报纸包裹着的一本书，打开一看却是一个黑色硬皮本子。我抬眼往他的座位那边看，他头压得低低的，看不清他在做什么。我翻看本子，扉页上用软笔写了四个字，"迷路火光"，字迹跟上次加缪那本书里的一样，显然是练过的。再往下翻，是手写的目录，从第一篇《火羽》，一路下来三十多篇，到最后的《走路的云》，看样子是一部散文集。我往后翻文章，每一行字都写得工工整整，连涂改的痕迹都没有，我猜可能是在别的本子上写好，然后誊写到这个本子上的。他是不是想做成一本书的模样？我再一次看他，他依旧埋着头。反正无事，我打算从头细看。

刚看了一小节，有个声音响起，"邓老师！"抬头一看，已经有几个同学在看我了，说话的是坐在第一排的一个男同学。他笑着问我："老师是哪儿人？"我颇感意外，但一看同学们几乎都看了过来，我便回答了他的问题。靠窗又有一个同学问："大学好玩吗？"我说："好玩，不用上晚自习。"刚一回答完，我又觉得作为老师，这样说不妥，谁料同学们"哄"的一笑，气氛一下子热络了起来。又有人问，"老师有女朋友了吗？"话音刚落，大家又是"哄"的一笑，我也笑了起来，"没有。"那人继续追问，"为什么没有啊？老师还挺帅的嘞！"这个问题让我有些窘迫，一时间不知道如何回答他。但大家都静默下来，等我的回答。这时忽然又有个声音打破了这种沉默，"老师，你喜欢哪些作家？"我循声看去，问话的人是张清宇。他这个问题一下子帮我解了围，我站起来在黑板上写下喜欢的作家和他们的作品，即兴地给他们讲了起来。看到他们兴趣盎然的样子，我越发讲得高兴起来。有人开始做起了笔记，而张清宇的目光一直跟着我。

正讲到谷崎润一郎的《细雪》，下课铃声响了。我停了下来，迟疑地问了一声，"下课了，要不你们……"张清宇说："老师，你继续讲嘛。别管这个！"其他同学也附和地要求我接着讲下去。老实讲，来学校实习前，带队老师让我们每个实习生都上台模拟讲课，下面坐的都是自己的大学同学，要说实际的讲课经验是一点儿也没有。按照学校安排，我要到下周才能上台讲课，没想到不经意间已经在给他们上课了。我给他们讲川端康成与吴清源的交往，三岛由纪夫自杀的故事，马尔克斯在巴黎街头碰到海明威……第二堂课的铃声响起，他们不管，我也不管，窗外逐渐有别班的学生过来看，我们也不管。我在黑板上写满了字，他们在自己的本子上也抄满了字。

一时兴起，我指着窗外的雨，问他们："看到雨，你们想起了什么？"有个坐在中间的女生小声地说："小楼一夜听春雨，明朝小巷卖杏花。"我点头称许，又有坐在前面三排的男生哼了一句，"雨一直下，气氛不算融洽……"大家又是一笑，我又问："还有吗？"大家一时沉默，有的翻课本，有的打开笔记，张清宇这时候说话了，"玉容寂寞泪阑干，梨花一枝春带雨。"我点头说好，"白居易《长恨歌》里的，还有吗？"他想了一下，又说："寒雨连江夜入吴，平明送客楚山孤。"我说好，"这是王昌龄《芙蓉楼送辛渐》。"他紧接着又追了一句，"床头屋漏无干处，雨脚如麻未断绝。"我拍手称赞，"这是杜甫的《茅屋为秋风所破歌》！"同学们都不说话了，一会儿看张清宇一首接一首地张口就来，一会儿看我点出他背的是哪一首诗词。

　　再一次，铃声响起，从隔壁教室陆陆续续地走出了学生，他们打着伞，欢呼着，打闹着。而在我们教室里，他们还在期待地看着我，而我不得不说："大家赶紧回宿舍休息吧。""这么快就下自习了？"叹息声此起彼伏地响起。我又说："还有机会呢，下回我接着给你们讲。"他们纷纷说好，极不情愿地站起身来，磨磨蹭蹭地去教室后面拿起雨伞往外走。我又一次看到讲台上的本子，把它用报纸裹起来，放进塑料袋，晚上睡觉前可以看一看。教室已经走空，我关上灯，锁上门，来到走廊上，湿润的风吹了过来，我却不觉得冷，浑身还沉浸在兴奋的余热之中。雨还在下着，撑开雨伞，往前走了几步，忽然听到有人叫我，回头一看是张清宇。他站我面前，高我一个头，雨伞也因之高了一截，雨珠子串成一线垂落下来。我笑着说："原来你带伞了呀。"他愣了一下，说："同学借我的。"一时无话，雨点敲打在伞面上，发出"砰砰"声。我又说："你很厉害嘛。"他退后了一点儿，没有拿伞的那只手摇了一下，"老师过奖了。"我又举起塑料袋，"谢谢你。我拜读完会跟你交流的。"他的神情忽然严肃起来，"老师要是觉得写得不好的地方，一定要跟我说。我不怕批评的。"见我说没问题，他笑了起来，"那我走了。"说完，大跨步地往宿舍楼那边奔去。

3

接下来的几天，蒋老师在台上讲课，我依旧坐在后面做笔记。看着死气沉沉的教室，我感觉那一个晚自习所发生的事情如梦一般不真实。我又一次看到张清宇在偷看自己的书，教科书放在桌面上，他看的书放在教科书下面，每回都是趁着蒋老师转身时翻页。我不知道他是否留意到我在观察他，也可能是哪怕知道也不在乎。每回下了课，回宿舍休息时，我都会翻看他给我的本子。那本《迷路火光》里，每篇文章都很不可思议，写法十分奇特，语言华美灵动，同时还有一层诡异阴森的诗意，完全不像是他这个年龄能写出来的。他写到会飞的狗，每当月色清朗之时，便会在云朵之间跑动；扭动的蛇，从隔壁女孩的鼻孔中钻出来；村庄里的人都飞走了，而他们的衣服代替了人，在这个世界上走来走去……躺在床上看时，我一边为这些奇崛的想象力所折服，一边又感觉有些可怕。

一转眼到了周六，按照学校规定，下午到晚上都是放假时间，学生们可以回家，第二天赶来上上午第一节课即可。我准备跟桂云峰还有其他的实习老师一起上街，在学校闷了一周，早就想出去透透气。在食堂吃完饭后回宿舍，刚上到我们那一层，桂云峰忽然推我，"咱们宿舍门口站了一个人。"我抬眼看去，一看到那高瘦的个子，就知道是张清宇了。等我们走到他面前，他叫了一声，"邓老师！"然后又向桂云峰微笑致意，"桂老师。"桂云峰笑笑，"你是来找邓老师的吧？"他看了我一眼，不好意思地"嗯"了一声。我拍拍他的肩，"进来吧。"桂云峰开了门，我们早上睡觉起来被子也没叠，更别说床底下的臭袜子臭鞋子，哪里都不像是一个老师的房间应有的模样。桂云峰把脏衣服抱起来搁到自己的床上，腾出一张椅子来，让张清宇坐，又说起宿舍没水了，得去开水房打瓶开水。张清宇忙说没事。桂云峰拎着开水瓶出门时，拍拍张清宇的手臂，"别客气，慢慢聊。"

宿舍现在只剩下我们两个人了，空气忽然安静下来。我能闻到自己臭袜子的气味，赶紧跑去把窗户打开，湿润的风舔了进来，操场上一群学生正在踢足球。天阴欲雨，有人跑到双杠那边收被子。转身回来，张清宇还木立在那里，我说："坐啊！"他这才坐在椅子上。一时无话，我嗓子发干，忍不住看门口，希望桂云峰能及时回来，但走廊上并没有响起任何脚步声。我又回头看张清宇，他脚一下一下搓着地板。我忽然想起那个本子来，忙从枕头边上拿起，在他面前扬了扬，"我看了一大半了。"他像是见到羞耻之物似的，摇摇手，"老师这个不急……我只是想来看看老师这边有什么书没有？"我也像得救了似的，起身来到书桌前，把那些乱七八糟的书摆好，"想看什么，你随便拿。"他走过来，拿起最上面一本，"《卡拉马佐夫兄弟》。"我说是，"陀思妥耶夫斯基的，我很喜欢他。"他说："我看完后，一周没有睡好觉。"我略感惊讶，"你也看过啊？"他点头，"他的小说我都看完了。"

桂云峰回来时，我们正聊到屠格涅夫的《猎人笔记》。他把开水瓶放在床脚边，又从袋子里掏出橘子、瓜子和各种小零食，放在书桌上。见我们看他，他笑道："你们一边吃，一边接着聊。我去洗两个杯子。"他又拿起两个水杯去了宿舍外面的水房。我递给张清宇一个橘子，见他捏着没吃，便问："你不喜欢吃？"他说喜欢，抬头笑了笑，剥完皮后把橘子分成两半，一半递给我，一半自己留着。我摇手说，"橘子有的是，你自己吃。"他的手没有缩回来，"没事儿，我再剥好了。"我只好接过橘子。桂云峰又一次进来，把洗干净的两个水杯搁在书桌上，"要红茶还是绿茶？"张清宇起身说，"老师我自己来。"桂云峰把他按下去，"不要客气。"又从书桌抽屉里拿出两个茶罐，一杯放红茶，一杯放绿茶，分别泡好。张清宇选了离自己最近的绿茶，一小口一小口啜。桂云峰眯眼打量了一番张清宇，随后转身跟我说，"你下午就好好地跟同学聊聊天吧。你要买的那些我给你带好了。"我说好。张清宇又不安地站起来，"你们本来是要上街？"桂云峰又一次让他坐下，随即瞥了我一眼，"就我上街。"说完，拎着自己的背包出门去了。

橘子吃完了，他又剥了一个递给我。我也不拒绝了，接着之前中断的话题聊了下去。中途我撕开袋子，在桌子上倒出一堆瓜子，我们一边聊一边嗑。我这才注意到他的头发洗了，校服也换成了灰色连帽衫、深蓝色牛仔裤，鞋子是崭新的白色运动鞋，整个人看起来清爽了许多。我这才想起来问他："你不回家吗？"他嘴巴嘟了一下，"不回。"紧接着又补了一句，"也不想回。"我没有再多问什么，他像是为缓解刚才语气中的冲动解释道，"我爸妈不在家里，回去也是一个人。"一时无话，我们一粒一粒地嗑瓜子。我斜眼看见那本子，便随口问他"迷路火光"这个题目是什么意思，他沉思了一会儿，说："我喜欢把我的梦记录下来，这个本子里记录了我各种各样的梦。有的梦醒来时，已经忘得差不多了；有的梦，可以做很多年。有时候我不知道现在是在梦中，还是梦中的才是现在。我这样说话，老师一定会觉得我是个神经病。"他搓着自己的大腿，不安地看我一眼，"我不敢跟别人说这个，他们都会觉得我是个神经病。"我又把水杯递给他，"我不会这样觉得的。"他接过水杯，猛喝了一口，"真的？"我点头。

他开始给我讲起他的那些梦。小时候他梦见自己来到江畔，芦苇随风起伏，时不时可见飘动的火光闪烁其间。在夜色中，火光忽远忽近，像是迷路了一般。他去追逐那团火光，每当他快靠近时，火光就会忽地飘远，但又不会太远。不知不觉，他走到了江中央，月光照在江面上，他看到火光被一个背对着他的人擎着，看不出是男是女，一袭黑色长袍，黑布罩头。他想去看看这人长什么样子，还没开口说话，那人忽然一回头，有头发，有眉毛，却没有脸。他骤然觉得自己脚下一空，被江水吞没，而那人已经消失不见，火光又一次飘远。吓醒后，这个梦却一直不忘。过了一段时间，他梦到自己站在暗宅里，屋顶上火光闪烁，他撇过头不看，火光又跑到他眼前来，他闭上眼睛，还是会看到火光。他想跑，可是没有路，深陷黑暗之中，虽然有火光，却照不亮任何事物。他感觉有冰凉的手抚摸着他的脖颈，他不敢回头看。黑暗变得轻盈了，而他也飞了起来，在一片虚无之中，火光像是热气球一般带着他一直往上飘，他开始觉得整个人都变得透明起来，不由得心中害怕，怕从此就消失无踪。

而那只手忽地松开，他猛地往下坠落，身子越来越沉，空气越来越不够，可是一直落不到底……

窗外的女贞树上忽然来了一群麻雀，叽叽喳喳地停在枝丫上，树下电动车开过，它们又蓬地一下飞走。张清宇又喝了一口水，手指比了个八的手势，"这个梦跟了我八年时间。有时候它每天都来，有时候它半年才来一次。每一次我去了一个不同的地方，有时候是在海上，有时候是在井里，有时候在雪山上，还有的时候又回到原来的暗宅里，每一次那个无脸人总让我以不同的方式坠落下去，可总是落不到底。"他说到这里，看自己的脚，"每次从梦里醒来，我都感觉自己精疲力尽，有想跳下去的冲动。"我插话道，"但你不会真做的，是吧？"他抬头看我，"当然不会。我不会被它击垮的。"他起身从我床上拿起本子，一页页翻过去，"我只要做了梦，都会尝试把它们写下来，写着写着，感觉那梦里让我害怕的东西就会少一点，因为我在写的过程中能一点点地触摸到它们。它们像冰，当拿手触摸它们时，它们就会被我手上的温热给融化掉，流淌到纸上，变成文字。"

桂云峰回来时，张清宇正在跟我读他写的一个梦，是关于他家养的一只狗如何变成了一只蝴蝶的故事。桂云峰见状正想悄悄地关门离开，张清宇已经发现了他，忙站起来叫了一声老师。桂云峰露出十分抱歉的表情，再一次走进来，"真不好意思，你们继续聊，我放下东西，正好出门办点儿事情。"我一看窗外，操场那头起了晚霞，天都给染红了，踢足球的人早已散去。张清宇把本子重新放回我的床头，浅浅鞠了一躬，"不好意思，老师先忙，我走了。"我说："别急啊，一起吃晚饭好了。"桂云峰也说："是啊是啊。我在市区买了不少零食，可以一起吃。"张清宇连连摇手，笑道："真不用。我走啦！"说完快速走出门。桂云峰想叫住他，我说："让他走吧。"桂云峰只好回来。过一会儿，我往窗外看去，晚霞已经由玫红转青紫，天色暗了下来，此时张清宇出现在了操场上，站在塑胶跑道中央，默立片刻，深呼吸，然后沿着跑道奔跑起来。

灯忽然亮起，吓我一跳，一看是桂云峰按了开关。他拿起笤帚来扫地上的瓜子壳，我说我来，他不让。我便把桌子上的零食给收到抽屉里。桂云峰说："你出名了呀！"我疑惑地看过去，他接着说，"这次我们出去，大家都在说你。"我一阵紧张，"说的不是好事吧？"桂云峰笑了起来，"当然是好事儿！你给高一（三）班晚自习讲的课，他们学生都传出去了，说你讲得特别好，连我们这些实习老师都听说了。"我有些不好意思了，"就是实在没事做，随便说的。"桂云峰把扫起来的瓜子壳倒进垃圾篓，"下周就要开始正式给学生上课了，我们都很紧张呢。你已经预演过了，也要给我们传授传授经验。"我连说不敢，再看窗外，天已经黑透了，操场上的观众席亮起了大灯，张清宇还在跑步。桂云峰也凑过来看了一眼，"张清宇——"然后意味深长地"嗯"了一声,"我也听那些老师提起过,都说他是个天才。你跟他聊过,觉得如何?"我说:"写得的确好。"桂云峰点点头,"不过你也要小心。那些老师也说起他是个奇怪的学生,以前还自杀过,割过腕,被抢救过来后,转学来到这里。"见我一脸震惊的神情,他忙摇手,"我也只是听学校老师说的,是真是假就不知道了。"说着把装满垃圾的袋子系好口子拎出门,"赶紧走吧,食堂快没饭了。"

4

一晃到了该我们实习老师上台讲课的时间了。蒋老师安排我在周一上午第三节课讲川端康成的《花未眠》,届时他将坐在后面旁听。一想到此,我就睡不好觉。桂云峰负责高一(六)班,跟我是同样的时间段。我们两个在各自的床上翻来覆去睡不着。桂云峰又一次爬起来,打开台灯,看自己备的教案。我也随之爬了起来,把教案过了一遍,虽然各个步骤已经烂熟于心,但心中仍不免打鼓。桂云峰笑道:"你也怕哦?"我没理他,他把教案往桌子上一搁,向窗外看了一眼,"月光真是好极了。要不要出去走走?"我们不约而同起了床,穿好衣服和鞋子。一出宿舍大楼,风吹树梢,云皆散尽,月光清透。我们绕过宿舍楼,往学校后面的小山上走去。桂云峰点了一支烟,默默吸了两口。

我们走路的声音，在如此寂静的空间里发出了让人不安的声响。衣服穿得有点儿少，冷意森森，手脚冰凉。

说是小山，不如说是一个凸起的大土坡，当年用挖湖时的土块堆砌而成，如今是学校最美的地方，白天只要放了学，总有不少人前来散步。此刻，我看了手表上的时间，已经凌晨两点多，山上自然空无一人。风吹过山坡上的竹林，发出窸窸窣窣的声响，听久了以为是在海边。沿石阶而上，抬眼可见山顶的凉亭。桂云峰忽然拉住我的手臂，悄声说道："前面好像有人。"我看过去，从另外一条斜穿过来的路上，果然走着一个人。我们不敢出声，那人好像也没有察觉到后面的动静。他一步步往山顶上走，进了凉亭坐下。我吓得心扑通扑通跳，偷眼看桂云峰，他的脸也是煞白的。我比画着一个下去的手势，桂云峰没动，他眯眼仔细看了看亭子里的人，问我，"你再看看，是不是很像下午来找你的同学？"我抬头看过去，坐在那里的人果然像是张清宇。与此同时，我又觉得不可思议，这么晚他应该在宿舍，不可能出现在这里才对。见我点头，桂云峰说，"走，我们上去看看。"

我们走到亭子里时，张清宇正靠在柱子上发呆。我叫了他一声，他吓得一哆嗦，头也没敢回地问："谁？"我说了自己的名字，他转过头来，见是我们才松了一口气，站起来欠了欠身，"邓老师好。桂老师好。"我问他为何深夜到这里来，他连忙说，"我这就回宿舍。"桂云峰伸手阻止，"既然出来了，就先坐一会儿吧。"我们都坐了下来。

虽然只是个山丘，却是方圆几十公里的最高点，举目远眺，越过那些小区和铁皮屋，流水河蜿蜒穿过田野，雾一点点涨起来，向更远处的村庄蔓延。张清宇坐在我旁边，不安地往四周看，见我在看他，又低下头。他这次穿的是校服，他把手缩进肥大的衣袖里，风吹得一摆一摆。我还是忍不住问他，"你是怎么……"他忙答道，"做噩梦了，出来透透气。"我又问，"还是那些梦？"他"嗯"了一声，"我在宿舍里感觉快要窒息了，所以从卫生间的窗口那边钻了出来，反正在一楼。"桂云峰笑了一声，"我以前也老干这事儿，就是为了去网吧打游戏。"

从竹林那边传来"哆——哆——哆"的短促的鸟叫声，张清宇又一次警觉地侧耳倾听。鸟叫声停息后，草丛中小虫子发出的声音从四面八方零星地升起，"果——果"，"啾——啾"，"嘘——嘘"，细粒，晶亮，在耳边闪跳。张清宇不安地站起来，我问他话，他一脸茫然，我只好再问一遍："你是今天才这样偷偷跑出来，还是经常？"他脚踢着地上的塑料纸，"有时候感觉透不过来气了，就会出来。"桂云峰说："你小心被巡视的保安抓住，人家还以为你是小偷呢。"张清宇小声地回："他们一般不会上这里来，这么晚了他们也不会出来了。"他环顾四周，我问他找什么，他像是被我的话吓到了，往后退了一步，"老师，我回去了哈。再见！"没等我们回话，他已经往山下跑去了。看着他消失在山后，桂云峰说："那边也不是学生宿舍啊。"我心里有一种异样的恐惧感，"不早了，我们还是回去吧。"桂云峰又抽上一支烟，"他看起来怪怪的，不是吗？"

早上起来后，我从箱子里拿出我唯一一套西服穿上，扎上领带，擦亮皮鞋，准备去上课。先去备课组，蒋老师打量了一番，"蛮好。"其他老师也夸精神，我心里稍微松弛了一些。好不容易熬到第二节课结束铃声响起，蒋老师说，"你先去。我待会儿再来。"我出了办公室，太阳明晃晃地照在脸上，几乎睁不开眼，衬衣都被汗濡湿了，领带系得太紧，让人快透不过气来。走到半路上，碰到了桂云峰，他也是一脸紧张的神情。我们没有说话，并行了一段路，到了教学楼门口，桂云峰忽然说："你妈！老子想大号！"我扑哧一笑，也顾不得他了，毕竟此刻上课铃声已经响起。早已有同学看到我了，我一进门，大家哗哗地鼓起掌来，有人喊："好帅啊！"我听了不免脸发烧，环视教室一周，同学们都投给我期待的眼神，瞄了一眼张清宇，也是兴奋的神情。有同学说："老师，那天还没讲完，今天接着讲好不好？"一时间我不知道如何回应，我拿起粉笔，在黑板上写了三个字：花未眠。大家"哎"地叹息一声，不情愿地翻开课本，我也觉得抱歉，因为我已经看到蒋老师从后门进来了，拿着本子和笔，坐在我一直坐的那个位置。

蒋老师的在场，让我不敢多说什么。我按照教案上的来，让同学们先朗读一遍，划分段落，画出生僻字词，总结每段中心思想。我原本想要活跃气氛的点子，都不敢使上。毕竟我每讲点儿什么，蒋老师都会在本子写点儿什么。课堂上死气沉沉，我越讲越没底气，声音也渐渐小了起来。偷瞄了一下手表，离下课还有二十多分钟，每一秒都极为黏稠滞重，根本无法流动。我把第三段的生字写到黑板上，一转身蒋老师不见了。我往门外看去，他正急忙往备课组那边走，可能有什么急事。我能明显感觉到教室某种坚硬的东西"哗"地一下碎了，本来正襟危坐的各位同学开始挪挪屁股抬抬头，互相小声说话。我把教案放下，看看门外，再确认一遍蒋老师短时间内不会再回来，坐在门边的学生忙说："老师，你放心！我给你把风！"全班"哄"地一笑，有同学说："老师，你别怕。我们都给你把风。"我说："这篇课文的知识点我都讲到了，接下来我给你们讲讲川端康成这个人。"同学们鼓起掌来。

　　我从川端康成的童年讲起，两岁妈妈肺结核去世，小学一年级奶奶去世，小学四年级姐姐去世，和眼瞎的爷爷相依为命，爷爷的孤独传染给了川端康成，一直讲到他六十九岁那年得了诺贝尔文学奖，四年后含着煤气管自杀。台下发出了一阵叹息声。我给他们背诵我最爱的《雪国》开头，"穿过县境上长长的隧道，便是雪国。夜空下，大地一片莹白，火车在信号所前停下来。"

我给他们讲小说主人公偷窥的那个女孩，"他好像飘浮在流逝的暮景中，偶尔山野里的灯火映照在姑娘的脸上，她的眼睛同灯光重叠的那一瞬间，就像在夕阳的余晖里飞舞的萤火虫，妖艳而美丽。"讲他在《伊豆的舞女》中描写看到舞女的那一刻：连山峦都明亮起来；还讲他的孤独与哀愁，寂寞与痛苦，最后我回到了《花未眠》这篇文章，"如果说，一朵花很美，那么我有时就会不由得自语道：要活下去！"台下有个声音响起，"可是他自杀了！"我一听声音就知道是张清宇。我抬头看他，也看同学们，问："你们怎么看待他的自杀？"

大家讨论得特别热烈，有的说因为童年阴影，有的说是性格使然，有的认为自杀本身是不可取的。张清宇却没有发言，他背靠座椅，看着天花板，双手护在胸前。我点名问他是什么看法，他没有反应，他同桌推了一下他手臂，他才回过神，站起来，"我觉得自杀对他来说是解脱，很好。"

这时我看到蒋老师已经从敞开的后门走了进来，刚才我们都没有注意到，而张清宇并没有意识到他的到来，继续说了下去，"生命如果是苦痛，是煎熬，不如死了好。"蒋老师猛地起身，大声说道："说什么糊涂话！这么小的年纪，生啊死的！"我没敢说话，同学们都吓到了，空气又一次凝固起来。张清宇沉默了一下，接着说："每一个人都有处置自己生命的权利。"蒋老师走到他座位前，狠狠拍了拍桌子，"看书看傻了！人不能这么任性而自私，如果你自己要去死了，你父母怎么办？亲人怎么办？都是混账话。"张清宇立马回："真到那个时候，也想不到那么多了。"蒋老师盯着看他半天，忽然转头说："邓老师，你接着上课吧。"

下课后，往备课组走，我跟在蒋老师身后。他不说话，我也不敢说话。一进备课组办公室，蒋老师就说："小邓啊，上课要给学生们多讲积极正面的内容。"他指指自己的脑袋，"他们太年轻了，你讲什么，他们信什么，所以要慎重啊。"他坐下来，叹了口气，"我教了三十年的书了，什么事情没见过？你要是不小心讲了一些本不应该讲的东西，他们一信做出傻事，这个责任你担得起吗？"我答应他下回会注意的，他让我回去休息。再一次出了办公室门口，走到操场上，内心颇为沮丧。西服的下衣摆上沾了粉笔灰，我掸了掸，还是留下了痕迹。足球场上，上体育课的学生们来回奔跑，笑得分外开心。走到宿舍楼前，瞥见后面的小山，我转身晃了过去，白天的竹林看起来毫无特色，石阶旁边的小叶黄杨在微风中轻轻颤动，山顶的凉亭都晒满了花花绿绿的被子。没有地方坐，我就站在那里，被子晒透后散发出干爽的阳光味道，我忽然想起上一个晚上在这里的一切，显得那么不真实。张清宇晚上真到这里来过吗？我也恍惚起来。我觉得他像一个谜。

5

下午旁听完其他实习老师的课，回到备课组，蒋老师让我跟他一起出去吃饭。出了校门口，是一条热闹的马路，对面一排店铺，有理发店、小卖部、文具店、网吧、小旅馆、浴室，当然最多的还是饭馆。我们去的是一家川菜馆，位置早已订好，进了"状元及第"包间，里面有位中年人，原本是坐着的，见我们进来，赶紧起身迎过来，"哎呀，蒋老师！"两人握手笑笑，蒋老师又把我介绍给他，他立马握我的手，说是握，不妨说是钳，他粗大的手把我的手捏疼了，但我又不好收回。他大概一米八的个子，五十岁上下，略显驼背，半秃，在灯光照耀下，露出光亮的前额，皮肤黝黑，眼角的鱼尾纹和大眼袋给人一种没休息好的疲倦感。好不容易松开手，他请我们坐下，喊服务员点菜，声音沙哑。他抬手的动作，说话的神态，让我仿佛看到了一个熟悉的影子，却一时不记得是谁。

蒋老师叫他老张，问他又跑哪里了，他起身给我们倒水，"这次远了！这批货要得紧，我们一路往北走，一直到了齐齐哈尔。"蒋老师叹息一声，"这一趟跑下来，可不得半个月。"老张笑笑，"可不是嘛，我跟我媳妇儿两个轮流开。那个地儿太冷，我们睡在车里都快冻死了。"说着递烟给我们，蒋老师接了，我说不抽烟，他点头笑笑，"不抽烟好！不抽烟好！"他发黄发黑的牙齿露了出来。一时间大家沉默了，老张催服务员快上菜，又小心翼翼地看蒋老师，"我家的那小子是不是又闯祸了？"蒋老师摇摇手，"那倒也没有，就是这里——"他指指脑袋，"我有点儿担心。"老张赔小心地笑道："他要是不听话，你就打！我们做父母的，说话他都不听的。"蒋老师"哎哎"两声，"现在不时兴打骂学生，得素质教育才行！你家孩子，我说话他也不听。实在没办法，只好麻烦你过来一趟。他啊，再这么下去是会出问题的！"老张的神情一下子紧张起来，"他又要折腾了?!"蒋老师止住话头，"暂时没有，不怕一万，就怕万一，他不像他们这个年龄段的孩子，心思太深，容易走极端。"老张露出悲伤的神情，"我也怕。"

　　我这才反应过来，他们一直在说张清宇，难怪看老张觉得熟悉。我好奇地问老张怕什么，蒋老师往我这边瞥了一眼，我自知问得太冒失，老张却不介意，"我家小宇啊，以前做过一些傻事。"他拍拍脑门，见蒋老师烟抽完了，又连忙递上一根。服务员开始把菜端上来，老张又起身给我们夹菜，我们都说不用，他这才作罢。见大家一时沉默，老张又找话题来说，"小宇他妈妈本来今天也要来的，但今天我家小霞要生孩子了，现在陪在医院。"蒋老师接过话头，"那要恭喜啊。你家几个孩子?"老张不好意思地笑笑，"四个呢。前三个都是姑娘，现在都嫁了。到了四十岁，才有了我家小宇。我老婆怀他八个月时，当时我们出车到酒泉，他就在酒泉生的。那个地方不是卫星发射中心嘛，人可以坐宇宙飞船上天不是？我就叫他清宇。"玉米汁上来了，他忙起来给我们倒上，自己倒没怎么吃菜。

我看了一眼窗外，店招上红红绿绿的彩灯露出一角，学校的教学大楼灯火通明。今天是数学晚自习，我不知道张清宇是不是又在看"闲书"。他的成绩单我看过，数学只有二十几分，其他学科的成绩都不理想。老张一说起张清宇，话分外多了起来。他们夫妻俩跑长途，没有多少时间在家里。张清宇从小是被三个姐姐带大的，姐姐们一个个出嫁后，他轮流住过她们家。他跟其他男孩子不一样，不喜欢打打闹闹，就喜欢看书。老张每回回家，都会给他钱，而他都拿去买书了。等到放暑假和寒假，老张开车会带上他，也算是走南闯北，去了不少地方。他在车上也要拿着书看，有时候到了一个城市，带他去玩，他哪里都不去，就要去书店看看。上了初中后，住学校，老师反映他晚上不好好在宿舍睡觉，老是跑出去，抓到过几次，也警告过，总算是没再出去。等上了高中，原本是上二中，也不好好上课，在课堂上睡觉，老师批评过他几次，老张自己还打过他几次。

"是我打坏了事！"老张摇摇头，长吁一口气，"这孩子心眼实，不知道能干出什么来。以前他姐姐骂几句，他就离家出走。那天我打了他一耳光，他没有吭声，把自己锁在房间里。晚上睡觉，我总觉得不对劲，敲他房门，他没有回应。我把门踹开，他就躺在床上，"老张闭上眼睛，手敲着桌子，"一看床上很多血，我就知道他割脉了。幸亏发现及时，送到医院抢救……"蒋老师忽然插话："看书看太多了，脑子看坏掉了。"老张连连点头，"是是是，这都是我跟我老婆的过错，我们心里都对他有愧疚。还是蒋老师仁义，"他转头对我说："那个中学不要小宇了，托人找到蒋老师，才能转到这么好的中学里来啊。"蒋老师拿烟的手扬起，"客气话不要说了。这孩子你得管管了，我挺担心他的。我说的话，他也是当耳边风。"老张又点头，"是是是。一定管！一定管！也希望两位老师多帮衬一把！"说完，他起身说要去催催菜。蒋老师说："不急不急，这不是还有这么多菜么？"老张笑笑，还是出去了。

　　蒋老师又点燃了一支烟，靠在椅背上不说话，我也没敢多说话。面前的鸡汤已经结了一层膜，鸡头浮在汤面上，我很想拿筷子去戳一下，但我忍住了。偷眼看蒋老师，他脸上露出倦怠的神情，一只手抬起揉着太阳穴。我拿起筷子戳了一下鸡头，鸡头有一半浸在汤里了。"小邓，你毕业后打算做什么啊？"忽然听到蒋老师的问话，我吓了一跳，赶紧把筷子收回放下，"还没想好。可能要考研吧？"蒋老师睁开眼睛瞅了我一眼，"考研好。未来竞争压力大，没个好文凭，哪里都混不下去的。"我点头称是。蒋老师吸了一口烟，缓缓地吐出来，"未来要是想做老师的话，你得有心理准备。"他又看我一眼，"心力交瘁，是我做了这么多年老师的感受。"他指了指自己的头发，"我头发要不是染了一下，都白了……这高中生，嗯，太难带了。"蒋老师这一番推心置腹的话突如其来，让我有点儿惶恐，一时间不知如何回应，他也不介意，继续说下去，"你现在是实习老师，同学们都喜欢你。这个我也看得出来，你是他们的大玩伴。真要是成了他们的老师，就没有这么轻松咯。"他把吸完的烟头摁熄在烟灰缸里，又一次闭上眼睛。

过了大约五六分钟，老张再一次推门进来，连连说抱歉，看他手上还拎着两个手提袋，走到我和蒋老师中间，笑道："一点心意，还希望蒋老师和邓老师能收下。"他先递给蒋老师，蒋老师摆手，"这哪里行！不行不行！"老张执意往蒋老师手里塞，蒋老师又推脱了一会儿，还是接了。老张又转身到我这边，把另外一个递过来，"邓老师，麻烦你了！"我一时间慌乱地不知如何应对，"不……谢谢……真的……"老张又一次钳住我的手，让我挣脱不掉，他把手提袋塞进我手中，见我一再推脱，老张为难道："邓老师，你这样我不好办哪！"我待要再说些什么，蒋老师说："小邓，不要为难人家了。"老张笑了起来，"还是蒋老师为我着想。"我只好把手提袋接了过来，一拎沉甸甸的，一看里面用塑料袋装好的核桃、红枣、花生、栗子，还有其他一些我叫不出来的干果。老张坐了下来，一看桌面，"菜都冷了，我再点些热菜。"蒋老师拦住，"够了够了，我们吃饱了。"老张说："哪里就饱了，我再点一些。"蒋老师没再坚持，随老张去了。

接下来吃了些什么，我没有什么印象。那个手提袋搁在脚边，让我坐立不安。蒋老师和老张说说笑笑，偶尔照顾到我这边，我便应付几句。其间蒋老师起身去外面打了个电话，我和老张一时间有些尴尬地坐在那里。老张要给我夹菜，我说我吃饱了，他自己面前的饭还一口都没动。我又一次把手提袋递给他，老张见状立马把我手推回去，"邓老师，你再这样，就是瞧不起我了。"我结结巴巴地否认，他笑笑，"那就不要再提这个事情了。"蒋老师说完电话回来，过了大概十来分钟，门被推开了，我抬头看去，张清宇走了进来。他穿着校服，站在门口，见到我，露出讶异的神情。老张"呀"的一声，蒋老师笑道："没关系，晚自习耽误一节课没什么，特意叫他来见见你。"张清宇没有动，老张起身过去，伸手去摸他头，他往门口躲了一下。老张只好收手，"你两位老师都在这里，你进来跟他们打个招呼。"说着自己转身回到座位上，张清宇这才进来，叫了一声蒋老师，叫我时眼睛忽然一瞪，随即垂下眼帘，"邓老师。"

张清宇坐在我的旁边，却谁也没有看，他一直低着头看地上。老张和蒋老师对他轮番说了很多话，要多看人生的积极面，不要老看没有用的书，怎么提高学习效率……到后面我没怎么听，菜已经一点点凉掉了，一只苍蝇在菜上飞来飞去。老张时不时大声问："蒋老师说话，你有没有在听？"张清宇"嗯"的一声，依旧低着头。学校的打铃声响了，他忽然起来说："下晚自习了，我该回宿舍了。"蒋老师一看手表，也起身说不早了。等老张结完账，我们穿好衣服，起身离开，脚碰到了手提袋，我很想装作没看见空手离开，但蒋老师走过来提醒，"小邓，东西别忘了。"我只好把手提袋拎起来。张清宇本来已经走到了门口，忽然回头扫了我们一眼，我心虚地把手提袋往后面收了一下，他又收回了目光，扭头快速地走出了门。一阵沮丧感猛地袭上心头，我好想叫住他，跟他解释一番，但我能说什么呢？喝下去的白酒和啤酒，在胃里翻腾，阵阵恶心感，让我屡次想吐。蒋老师也有些醉了，下楼时脚步打颤，我去扶他，他把提袋递给我，"你拿去吧。"我摇手，他硬塞到我的手中，"你带给小桂好了。"我待要说什么，他已经走到前面去了。

　　被二手烟熏了几个小时，乍一出来，干净湿润的空气让人振奋。蒋老师指着门口的大卡车，"那是你的？"见老张点头，啧啧嘴，"大家伙！"老张又问我们住哪里，他可以直接送到家门口，蒋老师说不用送了，指着校门外东边的教师住宅区，"我就住在那里。邓老师住学校里头，正好他可以和小宇一起进去。"说完便告辞回家了，老张又是一番客气。张清宇已经往学校那头走了，我也准备跟上，老张连喊他几声，他不听，我又上前叫他，"你爸叫你呢！"他继续往前走，"我知道。"我回头跟老张扬扬手，老张做出一个合掌的动作，"劳烦邓老师了！"说完转身上了卡车的驾驶室。我们走到校门口时，卡车开到我们跟前，鸣了一声笛，老张隔着车窗喊了一声，"小宇，好好听老师的话！"张清宇没有回头，快步往学校里走。卡车往东边走了。

两个手提袋，勒得手疼。张清宇远远地走在前头，我叫他，他就是不应。我有点儿恼了，把手提袋搁到宿舍的门卫室，空手赶过去，直到操场上才赶上他。我跟在他的后头，走到升旗台时，他忽然转身用质问的口气对我说："你为什么会跟他们在一起？"我吓一跳，同时又有点儿懵。我想要解释一下，还没开口，他已经哭了起来。操场边上的春华路，学生来来往往。操场上也时有人斜穿过去，走到我们这边，忽然迟疑地看我们一下，又匆匆走开。张清宇不管这些，他靠在升旗台的基座栏杆上，垂着头无声地哭泣。我静默在一旁，虽然颇觉尴尬，却又不好走开。渐渐地路上没有人了，喧嚣声一点点地落下，宿舍楼那边也熄了灯。我这才试探地问他："好些了吗？"张清宇沉默了一会儿，搓了搓脸，才说："你把本子还给我吧。"他见我一时间没反应过来，又提醒我说，"就是《迷路火光》。"我说："今天太晚了，要不明天上课我带给你吧。"他坚持道："不，我现在就要！"

进门时，桂云峰正在备课。我去床上拿起本子，桂云峰说："我看到你和张清宇在楼下说话，他怎么没上来？"我无奈地回："我也不知道。"下楼时，张清宇还等在门口，我把本子递给他，他接过去后，转身就走。我叫了他一声，他没有止步，飞快地往宿舍楼那边跑去了。我在外面待了半晌,转身回宿舍时,门卫叫住我,我这才想起两个手提袋还存在他那里,只好又一次去拎。进宿舍时桂云峰正在泡脚,我把一袋放在书桌上,一袋搁到他床边,"蒋老师让我给你的。"桂云峰惊讶地看看袋子,又看看我,"蒋老师为什么要送我?"我简单地说了一下事情的缘由,他笑道:"看来我是沾光了。"他把袋子拎起来,"真够沉的!明天可以把这些分给其他实习老师。"我说随便,在自己的床上坐下。桂云峰打量了我一番,担心地问:"你怎么看起来这么难过?"我说我没有,倒在床上,翻身对着墙。桂云峰又说:"你的开水瓶我也打了水,洗脚睡吧。明天还有课呢。"我说好,又起身去走廊一侧的卫生间,坐在马桶上,关上门。白炽灯一闪一闪,发出刺啦声,地上不知谁抽完的烟头没踩灭,一缕烟袅袅升起。忽然,眼泪冒了出来,我自己都没有预料到。我去抹,却越抹越多,委屈感莫名地涌上来。

再次回到宿舍,本来已经躺在床上的桂云峰坐起来,"你看这是什么?"他举起手中的信封在我面前晃,见我不解,他又打开信封,从里面掏出一沓钱来,"一千块钱!"我问他从哪里来的,他指指地上那个手提袋,"就在这里面发现的。"他原本打算看看袋子里有哪些干果,无意中发现里面放了这么一个信封,"你看看你那袋,兴许也有。"我走到床边,把袋子里的干果放在书桌上,拿出两袋后,果然也有一个信封,打开看,有五百块钱。桂云峰哈哈一笑："看来正式的老师跟实习老师还不一样嘛。"我捏着信封，脑子里一片茫然。桂云峰说："明天你要请客啊。"我反问他："请什么客？"他扬扬信封，"一大笔外快！"我伸手把他手中的信封夺过来，"不行，这个我要还给人家。"桂云峰问我怎么还，我一时间也想不出个办法来。我不知道老张住在哪里，也不知道他是不是又跑长途去了。我说："要不我给张清宇？让他带给他爸。"桂云峰摇摇头，"那个同学，我看未必肯。"我想起操场上的那一幕，他要是知道他爸爸给我们送钱，还不知道会怎么想我。

我坐在床上，心乱如麻。桂云峰忽然又抛出一个问题来，"对了，这一千块本来是给蒋老师的，你要不要告诉他？"我反问他，"怎么告诉？"他想了想，说："要不你把这袋干果还给他，钱还是照样藏在里面？"我说："好像也不现实，他都说了送给你。"他又想了一下，说："那把钱给他好了。趁着他不在，悄悄放在他的办公室桌上好了。"我问他，"那他怎么知道这是谁送给他的钱呢？"桂云峰被问住了，试探性地提出了一个方案，"要不，里面塞个小纸条，说这是张清宇父亲送给他的？"我觉得好像也不太合适。我们又讨论了其他的解决方案，总感觉不是万全之计。说到最后，桂云峰一拍手，"算啦！这钱反正蒋老师也不知道，我们自己留着好了，何苦费这个心！"我连连摇头，"不行，我过不了自己这一关。"桂云峰撇撇嘴，"那自己想办法吧。

你这人，有时候迂起来也是够够的。"说着关灯睡了。过不了多时，他已经打起呼来，而我躺在床上，始终睡不着。夜色深沉，风从窗户缝隙中溜进来，窗帘在头上一掀一掀。这个晚上，张清宇会不会又一次坐在山顶的亭子里呢？我有一种想起身去探究一番的冲动，但哪怕他在那里，此时也不想见我吧。

6

迷迷糊糊睡了一两个小时，天已大亮。想了一晚上，我已经打定了主意：老张给的五百，我要还给张清宇；蒋老师的那一份，找个机会悄悄放在他的办公桌上，让他自己处理好了。跟桂云峰说了我的想法，他也觉得只好这样了。主意既定，我心里也踏实多了。今天我要讲课，去备课组，蒋老师已经等在那里。临上台讲课前，蒋老师特意嘱咐我一定要按照教案来讲，"语文课不是文学课，不要随性发挥。"我们一起进了教室，我往讲台上走，他先立定在教室门口，环顾教室一周，大家都安安静静地打开课本，他这才慢慢地往教室后头走，坐在后面时又咳嗽了几声。作者介绍、划分段落、分析中心思想、解读生僻词……讲这些时，我感觉嘴巴里嚼着一口已经被很多人反复吃过的口香糖，想吐而不能，只好忍着恶心讲下去。台下的同学们，忽然都变得陌生起来，大家都绷着脸，唰唰地写字。

我往张清宇的方向看去，他始终没有抬头，也不知道他的表情。下了课，我本来想看有没有机会找张清宇聊聊，可蒋老师走过来，让我跟他一起参与备课组的会议。天气阴沉，马上要下雨了，升旗台那边保安降下国旗收走，我忽然想起昨晚的事情，心又一次沉下去。钱还装在我的口袋里，始终不知道怎么跟蒋老师开口说这件事情。

雨下了一天，会也开了一天，我们实习老师要挨个上台去分享自己的实习心得，因为我们大学的领导过来了。轮到我上台，我结结巴巴不知道说什么好，蒋老师说："你有什么想法可以直接说出来嘛，大家相互交流。"我提起语文课上是不是可以更活泼一点，毕竟语文课不是思想政治课，刚说完又后悔了。台下沉默了片刻，蒋老师率先鼓掌，"好，说得好嘛。我现在老了，跟不上新时代，这个还是要向邓老师多多学习啊。"其他人也跟着鼓起掌来。偷眼看了一眼蒋老师，他始终是微笑地鼓掌，我心里略微松弛了一些。开完会后，蒋老师陪我们学校领导去校外吃饭，我们实习老师晚上没有课的可以跟过去，我和桂云峰因为都是晚上三节晚自习，只好去食堂吃饭。等别人一走开，桂云峰往我手臂上捶了一下，"你可真敢说啊！我都吓死了。"我说："这是我真实感受嘛，再说蒋老师也没有生气。"桂云峰摇摇头，"你太天真了。你自己还是小心点儿吧。"他这样一说，我心里又悬了起来。他又悄声问："钱的事情处理得怎么样了？"

我摊手说："我还没找到机会。"他点头，又补上一句，"宜早不宜迟，越拖越碍事。"

吃完饭，我随手带了一本林海音的《城南旧事》去教室，反正晚上也不用讲课，看着同学们自习就好了。雨丝濡湿了我的头发，但我不想打伞。教学楼那边传来歌声，这是学校的传统，每回正式上课前都会唱歌，晚自习也不例外。不知道哪个班上在唱《南屏晚钟》，我忍不住跟着哼唱起来。到了高一（三）班，原本有点儿喧嚣的班级迅速安静下来，我走到讲台上坐下，看着他们，但他们并不看我。我翻看书，一个字也看不进去。再抬头看他们，他们依旧埋头做作业。这本来就是他们平常的样子吧，但我心里还是被失落感给揪住，同时还有难过。雨渐渐大了起来，冷风携来湿气，关节隐隐作痛。我站起来在教室里走一遭，下周马上就要月考了，他们在做蒋老师发下来的练习题。上次考试的排名这么靠后，蒋老师想必也着急得很，这次再考不好，会不会影响他的绩效考核？我不清楚。不知不觉快走到张清宇那边了。他没在做题，我不看也知道。他没看书，我倒是没有想到。语文课本摊在桌子上，他就这样盯着，一动也不动。我走近时，他忽然抬头看我，眼睛像是要吸住我似的，仿佛有一股力量要把我拖拽进去。我莫名地觉得有一丝恐惧，等我想要报之以微笑，他立马低下了头。

第二节晚自习开始，教室里的这种气氛已经让我有些窒息了。确认蒋老师应该不会过来，我起身说："我们不如来玩个游戏吧。"有同学迟疑地抬头看我，我接着说："这个游戏很简单，你们不是四个组嘛，我分成两个大组，一个是 A 组，一个是 B 组。每一组从第一排的第一个人开始讲故事，我举个例子，第一个人讲'有一个人走在路上'，那第二个人接着讲'他在路上捡到了一块钱'，第三个人再接下去……我们比什么呢，每一组每一个人只能讲一句话，要尽量多用到成语，你们每用一个，我就在黑板上写下，限时十五分钟，哪一组用的成语多哪一组就算赢。怎么样？"同学们纷纷说好，有人鼓起掌来，我"嘘"了一声，叫坐在门边的前后两个同学把门都关上，然后在黑板中间画出一道竖线，游戏开始了。A 组先开始，第一个人有点拘谨，磕磕巴巴说了一句，"早上我……起来……洗洗刷刷。"全班哄堂大笑，我让大家保持安静，第二个人接着说，"然后，我去食堂吃饭。"后面的同学着急了，"你没用成语啊！"我笑着提醒，"不要硬用成语，下面的同学努力！"

　　游戏进行得非常顺利，甚至可以说是热火朝天。黑板两边的成语都快写满了。前边的同学在说时，后面的同学纷纷查起了词典，故事也越编越荒诞好玩，开始有同学故意往恶搞的方向走，大家笑得拍手拍桌子跺脚。张清宇也积极地参与了游戏，他同桌想不出来新的成语时，他还悄声支招。第二节晚自习下课铃声响起，大家都选择无视。很快，隔壁几个班上的同学围到窗边来看热闹，这越发激起了同学们的斗志。他们叫着喊着，笑着闹着，外面围的人越来越多。忽然，围观的学生让到了一边，门"砰"的一声撞到墙上，蒋老师沉着脸走进来，大吼一声，"你们在搞什么啊?！"他脸色酡红，浑身酒气，手啪的一下拍在一个同学的桌子上，"这是晚自习不知道吗？要不是别的老师打电话告诉我，我还不知道你们能闹成这个样子！像什么话?！啊，你们说啊！"外面围观的学生都散去了，雨声又一次响了起来，门外还站着我们学校的领导。

　　死寂的气氛，在整个教室弥漫。大家都不敢动，更不敢说话，我站在讲台上，手上还拿着粉笔，想要说点什么，嗓子里干得很。校领导走了进来，背着手，眼睛盯着我看，我不自觉地退后了一小步。他站在蒋老师身边，问我："这是怎么回事？"我嗫嚅道："想要活跃一下气氛，让大家熟悉成语的用法……"蒋老师压住火气说："你怎么弄，只要是合理的，我老蒋哪里有不支持你的？你这样搞，影响了别的班级学习，希望你能注意到。"我连忙小声道歉，这时有个声音响起来，"邓老师，你为什么要道歉?！"我们都循声望去，张清宇站了起来，继续大声地说："我们都很喜欢邓老师的教学方法。"他等了一下，像在期待有别的同学能发声赞同他的观点，却一个都没有。蒋老师沉着脸，手指向张清宇的方向，"你坐下！"张清宇依旧杵在那里，眼睛镇定地看着我们，"我只是觉得邓老师这样没什么不好的。"蒋老师转头定定地看我，"邓老师，我们可以谈谈。"他往门外走，"最后一节课你们好好自习，谁说话，班长记下来交给我。"校领导随即跟在他后面，我走到教室门口时，发现手上还拿着粉笔，转身放回到讲台上，瞥见张清宇还站在那里，我扬扬手让他坐下，他喊了一声，"别怕他们！"走到门外，雨脚在台阶上跳动。蒋老师和校领导打着伞往备课组的办公室走了，我迟疑了一下，想着要不要直接冲跑过去，忽然听到背后有人叫我，转身看去，坐在窗边的同学打开了窗子，递给我一把折叠雨伞，"老师，你拿着。"其他同学都看了过来，有人小声地说，"老师，加油！"眼泪差点儿涌了出来，但我忍住了，接过伞谢过，去追赶蒋老师他们了。

7

首先是蒋老师找我谈话，大意是没有能力指导我的实习工作，让我再找其他老师。第二天校领导又来找我谈话，问我要不提前返校，看我的意见如何。我想在这个学校的确是没办法待下去了，更何况本就打算要考研，便同意了这个安排：这几天还是跟着蒋老师学习，下周返校。再去备课组，之前还跟我打招呼的老师，都不再理会我；蒋老师见我，也基本上不说什么话。他去上课，本来我是要去旁听的，他说不用去了，让我自己看着安排就好。那一周剩下的几天，我基本上是在宿舍看小说打发的。桂云峰倒是深得指导老师的喜欢，每天都给他安排上课。他在做教案时，还跟我说："真是闲的闲死，忙的忙死。"我回他，"又不是我想这样的。"他细细地端详我，"你既然要考研，现在就该开始准备了。"我嘴上说好，心里还是有点儿懊恼：我知道桂云峰想争取一个好的表现，留在这里教书，毕竟是市重点。而我未来是怎样的，则一片茫然。

有时候去食堂吃饭，碰到高一（三）班的同学，他们远远地就叫我"邓老师"，让我过去跟他们一起用餐。等我过去了，也不让我排队，就让我好好坐着，已经有人帮我打好饭菜端过来，也不肯让我出钱。我们挨着坐，他们说起蒋老师的种种不是，问我什么时候还能再来给他们上课。我下周走的事情，校领导一再强调不能透露给学生，理由是怕影响他们的学习，所以我也只能说等学校的具体安排。吃完饭，也快到上课的时间了，他们依依不舍地起身，走时又跟我说："老师如果走的话，一定要跟我们说一声哦。"我答应了他们。看着他们把餐具放在回收处，走出食堂门口时，还跟我挥手，我一时间眼睛酸胀。食堂渐渐空了下来，工作人员清理餐盘，哐当哐当哐当，震得耳朵疼。我起身去了外面，往教学楼那边瞥了一眼，学生们已经进了教室，开始唱歌。陆陆续续有老师从备课组出来，穿过操场，往教学楼那边走，见到我，略显尴尬地点点头。我也勉强微笑回应。

等他们一走远，心里顿时感觉空落落的。

　　走到宿舍楼门口，桂云峰急匆匆地跑过来，见到我时嚷了一声，"那个学生在等你！"说完往教学楼那边赶，看样子是午觉睡过头了。到了宿舍门口，门半开半闭，往里看去，张清宇正背对着我站在书桌前。他听到了我开门的声音，转身过来，手里拿着我正在看的《城南旧事》。我问他怎么不去上课，他指指窗外，"体育课，我请了假。"我往外看了一眼，操场上高一（三）班的同学正在跑步。我又问他吃了没有，他没有接话，直接从口袋里掏出一张信纸来，递给我，"老师，你看看这个。"我接过信纸，一共三页，开头用钢笔写了大大的三个字"请愿书"，再看内容是控诉蒋老师上课沉闷无趣，希望校方能继续安排我给他们上课，最后落款是"高一（三）班张清宇"。他指指最后一张空白的信纸，"这留给班上的那些同学来签名。等签好名后，我会送到校长手里。我就不相信蒋老师能一手遮天。"我忙问他有没有给其他人看过，他摇头，"我中午刚刚写好的，先给你看看合不合适。"我立马回道："不合适！"他惊讶地瞪着我，"为什么？"我说："蒋老师不是坏人，他只是按照他的教学经验来讲课，你不能这样说人家。"他"噗"地吐了一口气，"你还是怕他，我就不怕！"

　　操场上，他们已经跑完步了，带他们的也是我们实习老师。主席台背后灰色云层被金光劈出一条缝隙来，太阳一点点露出头，刹那间操场上阳光涌动，同学们年轻的身体浸泡其中，每一个看起来都是光彩照人。云退却得很快，太阳完全露了出来，连我宿舍的玻璃上都闪耀着阳光。也许是我沉默过久，张清宇小心翼翼地问："老师，你是不是生气了？"我回过神来说没有。他这才松了一口气，靠在桌边想了一下，忽然拍了一下掌，"那我加上一条，他受贿！"一边说着，一边激动地来回走动，"我进这个学校，我爸私下塞给蒋老师好多钱。"我的脸顿时烧起来。他走过来，问我这个主意怎么样，我底气不足地说："你爸这也是为你好。"他奇怪地看了我一眼，摇头说："我本来就不想读书了，是他非要我进来的。"我感觉手心的汗已经把信纸给濡湿了，他还在滔滔不绝地说话，可是我已经一个字也听不进去了。

　　不知道过了多久，忽然听到下课的铃声响起，我说："下一堂课你赶紧去吧！"他看看窗外，操场上他的那些同学陆陆续续往教室走，"我不想去上课。"我坚持道："你一定得去。人就是有很多虽然不喜欢但必须去做的事情。这个是没有办法的。"他靠在书桌上，随手打开桂云峰的教材，又合上，又打开，又合上，"老师，你性格太好了。这样别人会欺负你的。"我笑道："没有的事。"他看我一眼，小声地说："明明就有。"我把信纸递给他，"你该去上课了，这个请愿书的事情不要再提了。"他接过信纸，叠了一下，再叠一下，塞进校服的口袋里，却没有走的意思。上课铃声响起，我有点儿着急，却又不好催他。他接着说：

"小时候，我爸我妈老不在家，总有隔壁家的小孩欺负我。我开始怕得要哭，越哭他们就越欺负我，我几个姐姐根本不管，后来还是我拼死跟他打了起来，"他撩开刘海，额头的左上角有一道浅浅的伤疤，"这是那次打架留下的痕迹。他比我高很多，但我不怕。我把他鼻子打出血了，他把我额头打破了。结果人家来我们家吵架，几个姐姐都说不知道这件事，那时候我爸爸正好回来了，不管三七二十一，就让我给人家道歉。我真是气死了！我有大半年没有跟他们说话。"我忽然想起那天夜里吃饭的场景，便问他，"看样子你现在也不怎么跟你爸爸说话。"他顿了一下，"他一辈子太懦弱了，是个人都欺负他。"我看着他说："你不也在欺负他吗？"他讶异地盯着我，没有说话。

阳光收起，再看窗外，阴云又一次遮蔽了天空，小团的凉风在脖子处滚动，张清宇手捏住被风撩起的窗帘，打了一个结。我问他在想些什么，他细声细气地说："昨晚又做梦了。"问他是不是上次说到的那个无脸人，他点头，"我又看到了火光，还有光下的那个人。我控制不住自己，身体跟着他走，到了海岛上，看不到一个人，我走在岛中央的山里，到处都是高高大大的树，一点阳光都看不到，四周能听到狗吠声和磨牙声。我越怕，就越想贴着那个人走。而那人在火光之下飘飘忽忽地移动，无论我怎么撵，永远都跟不上。我跟着他到了山顶上，松了一口气，总算没有狗来咬我了，而那人也离我特别的近，我想去拍他，这个时候海水涨了起来，越涨越高，我想跑，水已经淹没到我脚下了，我想跳起来，海水浸没了我。我感觉一直往海底深处坠落下去，压力越来越大，呼吸不过来……"他说到这里笑了一下，"听起来不像是真的梦，是不是？像是编造的。"我也笑了，"是真是假只有自己才知道……那你醒过来后又出去了？"他点头说是，"我到山上的亭子里透透气。"

他提议去山上亭子那里吹吹风，我说："你不怕老师们发现吗？"他狡黠地一笑，"小心点儿就是了。"我们下到了宿舍一楼，从后门出去，绕到学校最边上的小道斜穿上去，果然一个人都没有碰到。亭子里中午应该有人来过，铺开的报纸还没有收走，我们便就地坐下来。云越积越厚，风也越吹越大，看样子待会儿免不了又是一场雨。竹林随风起伏，几只猫蹲在草地上眯着眼睛对视，我们还没反应过来，它们就已经厮打起来。他大声地笑，"就跟我那次跟那人打架一样，手脚并用！"我问他，"你还跟其他人打过架吗？"他想了一下，"我跟我初中老师打过架，也跟同学打过，还跟我姐姐打过……我不喜欢她们，她们也不喜欢我。"见我惊讶的神情，他接着说，"我自己也不喜欢我自己。这个世界上最讨厌我的人就是我自己。"他露出手腕上的伤疤，"我有一段时间，特别想死。我就拿刀子划拉自己，血冒出来的过程中，我感觉到一阵马上要解脱的轻松，就像是卸掉了重负，一直往下掉，因为没有底，有时候又觉得那是飞了起来……"他把袖子放下，遮住了伤疤，"吓到老师了吧？"我摇摇头，他宽容地笑笑。

我们零零碎碎说着话，有时沉默，有时又看远处的风景。猫打完架，又跑走了。山下有人路过，远远露出一个小头，又一次消失在山后。下课铃声再次响起，我催他赶紧下山上课去，他拖延着不肯动。我说："你再不去，我真生气了。"他这才慢慢起身，头抬了抬，忽然问我，"老师，你以后要当老师吗？"我愣了片刻，"我也不知道。"他拍拍屁股上的灰，"如果你当老师的话，你的学生肯定会很幸福的。"他没等我回应，快步往山下走，到竹林那里，像那晚一样斜穿过去，很快就消失在树林之后。我也慢慢下山，回到宿舍，桂云峰已经躺在床上休息了。他一见我便问："明天就要走了，东西怎么还没收拾好？"我说："懒得动。"他坐起来，从床底下拖出编织袋，"你来的时候的袋子，我看了一下是坏的，你用我这个。"说着他帮我收拾起来，洗漱用品，衣服鞋子，一一都归类好。快要完工时，他指指桌上一大摞书，"这些怎么办？"我想了想，说："都留给高一（三）班的同学吧，你帮我交给他们班的班长，谁喜欢哪本就拿哪本。"桂云峰一口答应了，趁着他去卫生间，我把老张给我的信封夹在《城南旧事》一书中，想想再难有机会把另外一个信封给蒋老师了，便把他那一份也取出放进我的信封里，并留了一张纸条，写上一句话："你爸爸留给你的。保重！"这本书我会拜托桂云峰单独给张清宇，我也不知道张清宇看到纸条后会不会信，可好像也没有什么更好的办法了。

8

在学校的最后一天，要办理各种手续。去备课组找蒋老师签字，他也一改常态对我笑眯眯的，签完字后，跟我握手说："以后常来学校玩。"在场的其他老师也纷纷过来跟我握手告别，我在的时候他们倒是从来没有跟我多说什么话。我又去食堂退了饭卡，中午要跟当时一起来的实习老师们在外面聚个餐。我本来不想聚的，桂云峰坚持要这样，饭店他订好了，各位实习老师他也一一发了通知。手续都办妥了，到了饭店，推开包厢门，大家已经聚齐。由于下午他们还要上课，不敢喝酒，大家以果汁代酒为我饯行。有人说起学校老师太古板，有人说学校对我这样太不公平，还有人说可以跟学校争取一番，我都一一听着，没有多说话。桂云峰为了活跃气氛，讲了一个又一个笑话，但还是挡不住气氛一路消沉下去。大家到最后都默默地喝果汁，连桂云峰也只是呆呆地看着窗外。有人看了一眼手表，说下午第一节课还有十来分钟就要开始了。大家开始起身，又跟我说一些鼓励的话语。桂云峰跑下去结了账，我说这顿我来请，他说这是大家一起请我的。

到了校门口，几个实习老师一路小跑到备课组拿教案，准备到各自的班级上课。桂云峰没课，他说："你叫的车子还有半个小时才到，要不先去宿舍休息一下吧。"我谢过他，往教学楼那边走去。桂云峰问我做什么，我说："我看看他们。"他说好，自己往宿舍楼那边走了。穿过空无一人的操场，慢慢靠近教学楼，心跳得特别快。这几天我一次也没有往这边来过，之前那些事情像是隔了很多年似的。走到离楼十来米远的地方，我停住了。各个班级按照惯例，课前唱一首歌醒醒神。我往高一（三）班那边看去，他们也看到了我，靠窗的同学向我挥手，随即全班同学都往我这边看，唯独张清宇趴在自己桌上，始终没有抬头。这时有人起头唱了一句，"那一天我知道你要走，我们一句话也没有说。"大家开始跟着唱起来，"当午夜的钟声敲痛离别的心门，却打不开我深深的沉默……"教数学的吴老师已经往这边来了，他走上走廊，看到这一幕停住了脚步，跟我一样，把《祝你一路顺风》听完。歌声渐歇，同学们都在跟我挥手，吴老师说："邓老师，要不进来跟同学们说几句话？"我笑着摇摇手，也向同学们挥手作别，随即转身走开。我感觉全身发麻，走到操场上，泪止不住地往下流。

　　回到宿舍，桂云峰指指桌上，"我一回来，就在门口看到这些。"我走过去一看，有粉红色信封、叠成心字形的信纸、一罐五颜六色的千纸鹤、我用红笔批改过的作业本、大头照……都是高一（三）班的同学们送给我的。我深呼吸一口气，眼泪又一次涌上来，但我忍住没哭。桂云峰感叹道，"不愧是全校最受欢迎的实习老师啊。"我问他，"他们是怎么知道我今天要走的？"桂云峰也想了一会儿，"同学们都很聪明的，看到这么多实习老师去送你，估计都猜到了吧。"楼下响起了喇叭声，桂云峰探头看了一眼，"我们该下去了，师傅到了。"说着帮我拎起行李往下面送。同学们的礼物，我专门装进了一个背包里。一切忙毕，坐上车，桂云峰说："你再想想，还有什么落下的？"我查看了一下，确定都带上了，他帮我关上车门，说了一声"一路顺风"。车子开动了，到了春华路上调头，出了校门，往市区的方向疾驰而去。

回到学校后，着手准备考研的事项，每天做各种考研习题，忙得不可开交。其间桂云峰打过一次电话来，问起我在这边的情况，我说都很好。问起他那边的情况，他说要争取留校，带他的老师对他很满意，也向校长特意推荐过他。又说起我留给高一（三）班的书，他已经给了他们班的班长，单独留给张清宇的《城南旧事》他也找个机会交到了对方手中。我问起张清宇当时有没有说什么话，桂云峰那头沉默了一下，才说："他有点儿怪我，还有其他的实习老师，都没有为你争取一下。"我笑了笑，"他是这样的，你不用放心上。"桂云峰又顿了一下，说："他怪的对。我们都只是明哲保身。想到这个，我挺难过的。"我忙说没有。挂了电话后，走在校园里，一切都是陌生而隔膜的，再也没有人会在路上忽然热情地叫一声"邓老师"了，失落感油然而生。

有一天，宿舍门卫递给我一个包裹，刚一打开，我就知道是张清宇曾经给我看过的那个本子——《迷路火光》。翻开看里面夹着信封，还是老张那天给我的那个，里面的钱没有动，我的纸条没有了，又多了一张他写的纸条，上面是他清隽的小字，"不要让别人再欺负你了。保重。"我看了忍不住笑了起来。直到实习结束返校，我才从桂云峰那里得知，张清宇已经退学了：他在课堂上与蒋老师发生了争执，听说蒋老师气不过打了他一耳光，他后来闹到校长那里去，举报蒋老师受贿，却又拿不出证据来，这件事只好不了了之。没过两天，他就自行退学了，老张来学校求过情，蒋老师说什么也不肯通融了……从那以后，我再也没有他的消息，也不知道怎么才能联系到他。有时候在马路上看到大卡车开过，我都会忍不住看看开车师傅是不是老张，但一次也没有碰到过。我只有好好保存那个本子，时不时翻看那些天马行空的梦境。我不知道这是他真实做过的梦，还是创造出来的梦。我也不知道在他的梦里，那迷路的火光，那无脸之人，是否还在让他一次又一次地迷失和坠落。他对我来说，始终是个谜一般的人物。而我自己考研失败后，东奔西跑，做过各种职业，却再也没有做过老师了。

图书在版编目（ＣＩＰ）数据

天边一星子 / 邓安庆著. —— 北京 ：新星出版社，
2018.11
　ISBN 978—7—5133—3212—5

　Ⅰ．①天… Ⅱ．①邓… Ⅲ．①短篇小说－小说集－中
国－当代 Ⅳ．①I247.7

中国版本图书馆CIP数据核字(2018)第215581号

天边一星子
邓安庆 著

责任编辑　汪　欣
特邀编辑　翟明明　陈文娟
装帧设计　韩　笑
责任印制　史广宜
内文制作　田晓波
出　　版　新星出版社 www.newstarpress.com
出 版 人　马汝军
社　　址　北京市西城区车公庄大街丙３号楼　　邮编 100044
　　　　　电话 (010)88310888　传真 (010)65270449
发　　行　新经典发行有限公司
　　　　　电话 (010)68423599　邮箱 editor@readinglife.com
印　　刷　北京盛通印刷股份有限公司
开　　本　850mm×1168mm　1/32
印　　张　6.75
字　　数　120千字
版　　次　2018年11月第1版
印　　次　2018年11月第1次印刷
书　　号　ISBN 978—7—5133—3212—5
定　　价　45.00元